LA MYTHOMANE DU BATACLAN

Alexandre Kauffmann

LA MYTHOMANE DU BATACLAN

Éditions Goutte d'Or

ISBN 979-10-414-1235-8

L'enquête à l'origine de ce livre s'est déroulée entre 2020 et 2021. L'auteur a recueilli des pièces de procédures judiciaires, des échanges sur les réseaux sociaux ainsi que le témoignage de nombreuses personnes. Les prénoms ou pseudonymes Facebook de certains intervenants ont été modifiés afin de préserver leur anonymat.

« On dirait que les gens sont envieux
du malheur qui nous arrive. »

Christine Villemin

Chapitre 1

Blackwidow Grib

Le 14 novembre 2015, quelques heures après les attaques terroristes qui ont frappé Saint-Denis et le centre de Paris, un compte Facebook, « Flo Kitty[1] », laisse un message sur le mur d'un certain « Blackwidow Grib » : « Courage, je pense à toi, tiens bon… » Quatre jours plus tard, le même compte poursuit ses encouragements : « Grosses pensées… Hâte que tu ne sois plus en réanimation… » La nuit où ces mots apparaissent sur les réseaux sociaux, le Raid prend d'assaut un immeuble de Saint-Denis, tuant Abdelhamid Abaaoud, le commandant opérationnel des attentats. Blackwidow Grib, intubé sur son lit d'hôpital, ignore tout de cet épilogue. Les médecins l'ont plongé dans un coma artificiel. Flo Kitty ne continue pas moins de publier des messages sur son mur : « Une semaine déjà… On me donne de tes nouvelles… Elle est longue cette attente… Lâche pas… »

1. Ce pseudonyme a été modifié.

Chapitre 2

Life for Paris

Le 1er décembre, deux semaines après les attentats, une jeune assistante maternelle lance un appel sur Facebook :

> « Je m'appelle Maureen,
> J'étais au Bataclan avec mon mari le soir du 13 novembre.
> Nous faisons partie des rescapés, non blessés, mais marqués à vie par ce qu'il s'est passé ce soir-là […].
> Si je parle ici c'est pour m'adresser à vous ; vous qui étiez dans la salle. […]
> Nous sommes plus de 1 000.
> Plus de 1 000 à être sortis de cette salle, plus de 1 000 personnes pour qui les choses ne seront plus jamais exactement les mêmes… […]
> Je sais que nous avons encore des choses à nous apporter. […]
> Le monde nous a montré son soutien par le slogan "Pray for Paris", je propose de créer dans la continuité Life for Paris, association de dialogue et de

soutien où toute personne rescapée de ces événements trouvera une place. [...]
Vive le rock, vive la liberté, vive Paris et surtout vive la vie. [...] »

Près de deux mille personnes commentent cet appel. Le compte Flo Kitty est parmi les vingt premiers à réagir : « Très belle initiative ! Un ami de longue date vient de sortir du coma. » Le message se termine par un smiley triste.

Face au succès de son appel, qui rallie aussi des victimes du Stade de France et des terrasses, l'assistante maternelle crée une page secrète pour que les rescapés du 13 novembre puissent échanger à l'abri des regards indiscrets. Flo Kitty la rejoint dès le 8 décembre : « Hello, tout d'abord merci à Maureen pour ce groupe. Je n'étais pas au Bataclan ce soir-là. Je suis une "impliquée", mon meilleur ami, mon pilier, est toujours hospitalisé. Il est sorti de réa depuis quelques jours, mais reste intubé. C'est dur, très dur... » À une survivante qui l'encourage, Flo Kitty précise : « Je soutiens mon ami et son fils du mieux que je peux. Il a été touché à l'abdomen et aux jambes. Ce sera long pour lui... »

Témoignages et avis de recherche affluent sur la page secrète, qui compte bientôt plusieurs centaines de membres. Beaucoup de victimes cherchent encore à mettre un nom sur les personnes qu'elles ont aperçues dans la confusion des attaques. Qui était allongé à mes côtés sous le bar du Carillon ? Qui a attrapé, comme moi, l'un des médiators lancés par le guitariste des Eagles of Death Metal ? Qui ai-je aidé à se relever dans la fosse du Bataclan ? Qui m'a prêté sa couverture de survie sur un trottoir du boulevard Voltaire ? La page sert aussi de plate-forme d'entraide. Les survivants sont orientés vers des psychologues, épaulés dans leurs démarches administratives ou simplement écoutés quand ils en ont besoin. Au-delà de ce havre numérique, un pays tout entier essaie de reprendre son souffle face aux attentats les plus meurtriers de son histoire. Cent trente personnes ont perdu la vie, plus de quatre cents ont été blessées. Chaque Français tente de communier avec les victimes, se trouvant un ami – ou un ami d'ami – qui était au Stade de France, sur les terrasses, au Bataclan. Chacun se dit qu'il aurait pu y être. La nation cherche à se rapprocher des attaques quand les rescapés, eux, ne songent qu'à s'en éloigner.

Sur la page secrète, Flo Kitty ajoute de temps à autre un like aux interventions d'un certain Cédric R. Cet ancien ambulancier de vingt-sept ans prenait un verre au Bataclan Café le soir du 13 novembre. Il a vu les terroristes entrer dans la salle de concert et, quelques instants plus tard, les premières victimes fuir en sens inverse. Ce jeune homme livre sur le forum de Life for Paris un témoignage détaillé de sa soirée : « J'aperçois un type sortir en courant par la porte principale [...] avec sa jambe qui dégouline de sang. Il a pris deux balles dans sa cuisse et s'effondre au niveau de l'arbre face à l'entrée, de l'autre côté de la rue.

Je me rappelle très bien. Un arbre très fin comparé aux deux autres situés de part et d'autre. [...] Je fonce vers lui sans réfléchir et le relève en passant son bras gauche autour de mon cou. À peine nous étions debout, j'aperçois face à moi cette femme enceinte qui courait depuis le hall et qui, [posant] son pied sur le bitume du trottoir, reçoit une rafale dans le dos... Cette rafale qui nous était destinée. » Le jeune homme ne se remet pas d'avoir « laissé entrer les tueurs au Bataclan ». Dans l'intimité de la page secrète, les rescapés lui font parvenir des messages de soutien. Cédric R. les remercie : ces mots lui font un « bien fou » et apaisent son « sentiment de culpabilité ».

Des rencontres entre survivants s'organisent à Paris. Ils se retrouvent dans des bars près de la place de la Bastille. Autour d'un verre – souvent plusieurs –, ils se donnent l'accolade et reviennent sur la nuit des attaques. Si Flo Kitty ne participe pas à ces rendez-vous, Cédric R., lui, n'en manque aucun. Il boit comme un évier, pleure, multiplie les câlins fraternels. L'ancien ambulancier n'épargne aucun détail à ses compagnons : « Le soir du 13 novembre, leur raconte-t-il, en voyant les terroristes devant le Bataclan, je me suis d'abord dit que c'était des racailles qui cherchaient l'embrouille avec les vigiles. Je lâche un "rooh les cassoss"... » Cédric ne quitte jamais le jean qu'il portait le soir des attentats. Ne l'ayant pas lavé, il exhibe la tache de sang qui macule le denim à hauteur de la cuisse.

Derrière son ordinateur, Flo Kitty se dit impatiente de participer à ces réunions : « J'espère vous rencontrer bientôt. Ce groupe m'aide car je me sens moins seule. » En attendant, elle assiste la fondatrice de Life for Paris à distance dans l'accompagnement des rescapés sur le forum. Sa participation est appréciée. N'étant pas une victime directe, elle sait garder la tête froide, sans oublier de faire preuve d'empathie. Plusieurs survivants saluent sa gentillesse sur la page secrète. Elle se sent bien au sein de cette communauté. Et puis l'état de Blackwidow Grib s'améliore. Chaque jour, elle lui rend visite à l'hôpital. Après avoir été extubé, son ami s'est enfin décidé à « parler de l'horreur vécue ». Au début du mois de janvier, elle annonce qu'il a l'intention de rejoindre le forum : « Lui aussi a besoin de reconstituer le puzzle. Il était venu seul au concert, mais connaissait des gens sur place. Il m'a dit qu'il revenait du bar quand les tirs ont commencé. J'ai lu presque tous vos témoignages et j'ai beaucoup pleuré. C'est un de mes meilleurs amis. Je me sens tellement impuissante face à sa souffrance… »

L'afflux de nouveaux arrivants sur la page secrète incite l'équipe des médiateurs – dont Flo Kitty fait partie – à installer un filtre de sécurité. Certains craignent que des journalistes en quête de confidences tentent de s'y infiltrer. D'autres, sous l'effet du stress post-traumatique, redoutent que des terroristes investissent le forum pour retrouver leur trace et achever leur besogne. Un filtre est mis en place à la fin de l'année. L'envoi d'une place de concert en date du 13 novembre pour les Eagles of Death

Metal suffit à l'admission. Le dispositif reste discret afin de ne pas décourager les rescapés, dont certains peinent encore à s'accepter comme victimes.

Au fil des semaines, la répartition des tâches entre bénévoles se précise. Flo Kitty demande à travailler au recueil des témoignages. Sa distance avec les événements est à nouveau perçue comme un atout. Flo Kitty et Catherine B., une archiviste photo rescapée du Bataclan, sont ainsi chargées de collecter et de classer les récits des victimes. Les deux femmes, officiant à distance, décident de les trier par lieux : le Stade de France, les six terrasses, le Bataclan. La salle de concert est elle-même divisée en une dizaine de sous-rubriques : fosse, balcon gauche, balcon droit, bar, régie son, stand, loge gauche, bureau, toit, cave, toilettes… D'un témoignage à l'autre, Flo Kitty découvre les faits minute par minute, scène par scène, apprenant à les connaître aussi bien – sinon mieux – que les policiers chargés de l'enquête.

Les deux bénévoles mesurent combien la mémoire des victimes peut être labyrinthique. Les récits sont souvent parcellaires, parfois même incohérents. Au Bataclan, Jérôme S. est ainsi persuadé d'avoir gravi plusieurs marches en rampant. Au regard de sa position et du plan de la salle, il admet un peu plus tard que ce parcours est improbable, s'avouant « mauvais témoin ». Stéphanie Z., elle aussi rescapée du Bataclan, a assisté au début de l'attaque « sans avoir le son ». Son esprit a ensuite traversé un trou noir, comme si elle passait dans « le tambour d'une machine à laver ». La jeune femme n'a retrouvé le fil de sa mémoire que dix minutes plus tard, à l'extérieur de la salle, dans le passage Amelot.

Catherine B., l'archiviste photo, prend régulièrement des nouvelles de Blackwidow Grib auprès de sa coéquipière. Elle propose de lui rendre visite à l'hôpital en compagnie d'autres rescapés. « Tu penses que ça lui ferait plaisir qu'on vienne le voir ? », demande-t-elle à Flo Kitty. « Ici, il n'a que son fils et moi, répond la bénévole. Il a eu le nerf sciatique sectionné. Son moral est en montagnes russes. Ils envisagent une greffe. Je pense que les visites lui feraient du bien, le groupe est tellement génial. » Elle lui confirme quelques jours plus tard que son ami est partant pour les visites. « Ça se présente bien », se réjouit-elle.

Le 7 janvier, Catherine B. lance un appel sur la page secrète : « Encore de trop nombreux blessés dans les hôpitaux doivent trouver le temps long, la solitude doit peser. Je vous propose une "hospitalothérapie". Greg, *alias* Blackwidow Grib, ami de Flo Kitty, est à l'hôpital Pompidou. Il va malheureusement y rester quelque temps. Je propose qu'on aille le voir pour le soutenir et être présents physiquement, ça peut lui faire du bien. Il rejoindra le groupe plus tard. Qui pourrait être dispo ? » Plusieurs membres du forum répondent à l'appel. Ils tombent d'accord sur la date du 16 janvier, à 14 h 30. Flo Kitty valide le rendez-vous : « Oui, 14 h 30, c'est bon. »

Même si elles travaillent à distance, Catherine et Flo Kitty apprennent à se connaître. L'amie de Blackwidow Grib commence à se confier : « Life for Paris me rebooste pour mon activité pro. Je suis styliste-modéliste. Depuis dix-huit mois, je galère avec une maladie rare, mais je suis bien suivie. Et puis, j'ai un petit ami en or, même s'il est à neuf mille kilomètres d'ici, à Los Angeles. Je vais le rejoindre là-bas après mes soins. On doit se marier. Dans la vie, j'ai compris qu'il fallait se faire plaisir. » Son « fiancé » est lui-même un proche de Greg.

Le dimanche 10 janvier, en hommage aux victimes des attentats de 2015, une cérémonie est prévue sur la place de la République. Le président François Hollande doit y planter un « chêne du souvenir ». Plusieurs membres de Life for Paris ont annoncé leur présence. Parmi eux, personne n'a encore rencontré l'amie de Greg, pas même Catherine. L'avant-veille de l'événement, Flo Kitty sonde sa coéquipière : « Est-ce que tu vas à République dimanche ? Moi, je n'ai pas d'invitation… » Catherine lui en fait parvenir une par Messenger. « C'est super sympa ! la remercie Flo Kitty. Ça me permettra de rencontrer un peu tout le monde, car pour l'instant je n'ai pas franchi le pas… »

Entre-temps, Greg a annulé la visite prévue à l'hôpital. Il ne se sent pas encore prêt.

Chapitre 3

La perruque de Florana

Greg manque rarement les soirées du mardi soir au Gibus. À la fin des années 1980, la salle de concert parisienne est un haut lieu de la scène glam metal, sous-genre du heavy metal alors en plein essor. Les chevelures peroxydées tombent sur les épaules, y compris sur celles des hommes, qui portent des foulards et des bottes à hauts talons. Leurs ongles sont vernis, leurs visages couverts de fond de teint. Dans la rue, à travers des nappes de fumées bleues, les passants se retournent pour observer ces silhouettes androgynes. Les fans de glam, eux, sont ravis d'accrocher le regard des badauds conformistes.

L'un de ces mardis soir, approchant du Gibus, Greg reconnaît les cuirs strassés du chanteur et du guitariste des Libertin'Lips. Il les a rencontrés quelques années plus tôt au concert de Mötley Crüe, groupe culte du glam. Depuis, Manu et Raff sont devenus comme ses grands frères. Abordant juste la vingtaine, Greg a deux ou trois ans de moins qu'eux. Il joue de la batterie avec des amis de son âge. Enfant du 15e arrondissement, il a découvert sa vocation à la fin des années 1970, en voyant le batteur de Kiss à la télévision. Sa mère, qui l'appelle affectueusement « Gribouille », l'encourage dans sa veine musicale. À treize ans, il s'achète une batterie en travaillant l'été dans une boutique de fringues. Comme les Libertin'Lips, il veut conquérir la scène glam. Comme le batteur de Kiss, il veut s'envoler dans les airs, au-dessus de la foule, dans une débauche de flammes et de confettis.

Alors que la nuit n'est pas encore tombée, les trois amis voient arriver des membres du groupe Teasin'Babes. Eux aussi sont « glamouzes » – fan de glam – jusqu'au bout des ongles. Leur formation bénéficie d'une petite notoriété parmi les initiés. Une jeune femme de Maisons-Alfort les accompagne. Elle se présente comme leur manageuse. Greg la connaît vaguement. Il l'a aperçue ici, au Gibus, mais aussi au Grillon, un club hard rock de Limours, dans l'Essonne. Elle a à peu près son âge – dix-huit ans – et se fait appeler Florana. Sur-maquillée, couverte de paillettes, elle est obligée de porter une perruque tant les teintures et les peroxydations successives lui ont abîmé les cheveux.

Quelques thrashers sont aussi présents devant les grilles du Gibus. Ils se mêlent aux glamouzes sans heurts, même s'ils raillent volontiers les succès commerciaux de Kiss, Poison ou Mötley Crüe. Le thrash metal se veut plus rapide, plus violent, plus engagé. L'opposition, au bas de la rue du Faubourg-du-Temple, est surtout théorique. Les deux bandes se sentent appartenir à une même famille, celle du heavy metal. Seuls les plus fiers cherchent parfois l'affrontement. Ce soir-là, avant d'entrer dans la salle de concert, Florana prend de haut une thrasheuse. Les deux jeunes femmes échangent des mots vifs. Une bagarre s'engage aussitôt. Florana est ruée de coups. On hurle. On essaie de les séparer. Les bras et les sacs à main s'emmêlent. Greg aperçoit la perruque de Florana voler dans les airs. La thrasheuse, épaules rentrées, s'éloigne. La glamouze de Maisons-Alfort, elle, est à terre. Quelques personnes l'aident à se relever. Un ami de Greg lui rend sa perruque. Florana semble perdue, comme si elle s'était absentée pendant l'assaut.

Chapitre 4

L'Indiana Café

« Est-ce que tu connais les gens du groupe ? Moi personne… » La veille de la cérémonie, Flo Kitty envoie des messages inquiets à sa coéquipière, Catherine B. Elle appréhende la rencontre avec les autres bénévoles, son premier rendez-vous en chair et en os. Faut-il arriver en avance place de la République ? Ne risque-t-elle pas de déranger les victimes ? Comment va-t-on la reconnaître ? « Je suis blond platine rose, précise-t-elle. J'aurai sûrement une queue-de-cheval haute et un poncho noir avec un bord léopard. »

Le dimanche 10 janvier, Catherine accepte de la retrouver seule à seule avant la cérémonie. Aux alentours de 9 h 30, une femme aux cheveux coiffés en coque sort de la bouche de métro Strasbourg-Saint-Denis et s'avance vers le café de la porte Saint-Martin où l'attend sa coéquipière. Catherine la repère rapidement et la présente aux bénévoles de Life for Paris : « Voilà Florence, elle nous aide sur le forum. » Flo salue discrètement les rescapés. Elle hésite à se joindre à eux. La petite assemblée

– une dizaine de personnes – la rassure ; elle est la bienvenue ; Greg, son meilleur ami, est un survivant ; il partage leur sort ; et elle aussi, par ricochet.

Le groupe rejoint la place de la République. Un imposant dispositif de sécurité filtre l'accès à la cérémonie. Flo Kitty et les autres membres de Life for Paris présentent leur invitation. On fouille leur sac avant de les laisser accéder à l'espace réservé aux survivants. Quelques minutes plus tard, François Hollande dévoile une plaque au pied de l'arbre du souvenir : « À la mémoire des victimes des attentats terroristes de janvier et novembre 2015, à Paris, Montrouge et Saint-Denis. Ici même, le peuple de France leur rend hommage. » Flo Kitty se tient en retrait. Elle semble mal à l'aise, comme si elle craignait de troubler la cérémonie.

Deux élèves du conservatoire d'art dramatique lisent un texte de Victor Hugo : « Paris est la ville sacrée. Qui attaque Paris attaque le genre humain. » La place est rendue au public. Sous un ciel laiteux, les Parisiens déposent des bougies, des fleurs, des pancartes au pied de la statue de Marianne. Un crachin hivernal commence à tomber sur l'esplanade. Les bénévoles de Life for Paris se replient vers l'Indiana Café.

Assise au chaud sur les banquettes havane de l'établissement, Flo se détend. Dehors, il pleut désormais à verse. Elle remercie le groupe de l'avoir acceptée sur le forum. Avant l'appel de Maureen sur Facebook, elle se sentait isolée. Son entourage ne la comprenait pas. Elle n'était pas blessée. On ne l'avait pas menacée. Pourquoi aurait-elle eu besoin de soutien ? En tant que « victime collatérale », elle était condamnée au silence. Au début du mois de décembre, lorsqu'elle a découvert le post de Maureen, elle se trouvait à l'hôpital Georges-Pompidou, où Greg subissait une intervention chirurgicale. Elle a aussitôt répondu à l'appel.

Life for Paris, explique Flo, l'aide à lutter contre son sentiment de culpabilité. Elle ne se pardonne pas d'avoir été absente le 13 novembre. Elle a assisté à des centaines de concerts au Bataclan. Pourtant, le soir des attentats, son ami n'a pas pu compter sur elle. La veille, migraineuse, elle s'était couchée à 18 heures, chez sa mère, dans un quartier résidentiel de Maisons-Alfort. Le lendemain, en se réveillant, elle a découvert les attaques et fondu en larmes. Elle se sentait personnellement visée par les attentats, peut-être en raison de ses origines juives. Et aussi parce que les terroristes avaient touché le « cœur de son univers », celui de la musique et du spectacle. Elle a aussitôt pensé à Greg, son meilleur ami, régisseur intermittent. Elle a essayé de l'appeler. Son téléphone était coupé. Son compte Facebook, lui non plus, ne répondait pas. Flo ne s'est pas vraiment inquiétée. À sa connaissance, son ami n'avait pas de mission prévue au Bataclan. C'était juste un couche-tard. Il devait dormir.

Dans la matinée du 14 novembre, elle a vu défiler des avis de recherche sur Facebook. Des visages familiers, comme celui de Thomas Ayad du label Mercury ou celui de Guillaume Decherf, journaliste aux *Inrockuptibles*. Des amis ou de simples connaissances. À 14 heures, toujours sans nouvelles de Greg, elle s'est mise à paniquer, appelant les hôpitaux de Paris un par un. Entreprise que le chaos ambiant rendait incertaine. À 22 heures, après une longue attente, son fiancé, Manu, l'a appelée depuis la Californie. Il lui a appris que leur ami était en réanimation à l'hôpital Georges-Pompidou, plongé dans un coma artificiel. Le fils de Greg, âgé de dix-sept ans, avait bien essayé de prévenir Flo dans l'après-midi, mais il ne trouvait plus son numéro. L'adolescent avait alors pris contact avec Manu. C'est donc un appel venu de Los Angeles qui l'a éclairée sur la situation. Sous les conduits d'aération apparents de l'Indiana Café, Flo s'étonne encore que cette nouvelle ait transité par les États-Unis.

Les deux premières semaines, Greg flottait entre la vie et la mort. Les infirmières ont conseillé à Florence de lui parler, même s'il était inconscient. Elle a péroré dans le vide pendant des heures. Tous leurs souvenirs communs depuis leur rencontre, en 1988, y sont passés. Elle se sentait « conne et impuissante » à parler seule. Lorsque Greg est enfin sorti du coma, au début du mois de décembre, il s'est enfermé dans le déni, refusant de revenir sur la nuit du 13 novembre. Il prétendait que sa mémoire lui faisait défaut. Seules quelques images surnageaient. Il voyait la fosse sous les premiers tirs. Il se voyait revenant du bar un verre à la main. Il voyait des gens tomber autour de lui.

D'une semaine à l'autre, les souvenirs ont refait surface. Aidé par un psychologue, Greg a enfin accepté de parler du 13 novembre. Flo l'a accompagné dans cette épreuve, et continue aujourd'hui de le faire. Elle a le sentiment que son ami a changé. Il paraît moins je-m'en-foutiste. Moins égoïste aussi. Les messages de soutien qu'il a reçus sur le mur de son compte Facebook, en plus de le toucher, l'ont fait réfléchir. L'esprit de Life for Paris – sa bienveillance, son souci de l'autre – lui a apporté un nouveau souffle, aux antipodes du nombrilisme si répandu sur la scène musicale.

Aux bénévoles qui l'entourent, Flo confesse qu'elle a changé, elle aussi. Comme son ami, elle se préoccupe moins de son ego et prend davantage soin des autres. Life for Paris est devenu sa deuxième famille. Une famille de cœur, où l'on se comprend d'un mot. En tant que bénévole, elle a pu mesurer combien la page secrète était précieuse pour les rescapés. Ils peuvent s'y exprimer en toute liberté, sans peur d'être jugés. Flo est prête à s'investir corps et âme pour soutenir les survivants dans cette épreuve, même si une maladie la vide progressivement de ses forces. Depuis un an, elle souffre du syndrome de Cushing. Un dérèglement des glandes surrénales. Les symptômes sont particulièrement disgracieux : visage rond, vergetures, pilosité débridée. Cette pathologie explique son excès de poids – les médecins parlent de silhouette « cushingoïde ».

Flo Kitty ne veut pas ennuyer l'équipe de Life for Paris avec sa maladie. Ils ont d'autres soucis. Pour les distraire, elle leur parle de musique. Plus âgée que les autres bénévoles – qui ont pour la plupart une trentaine d'années –, Flo est une encyclopédie du rock. Elle peut citer la date d'un concert des

Moody Blues à la fin des années 1960, commenter le tournant rétro de Queens of the Stone Age ou encore revenir sur l'enfance du chanteur des Guns N' Roses dans l'Indiana. Il y a un nom qu'elle place au-dessus des autres, celui de Tigertailz. Un groupe originaire de Cardiff, au pays de Galles. Son sein gauche est frappé d'un tatouage aux couleurs de ces héros du glam.

Le rock, explique-t-elle, a bercé son enfance. Sa mère était *roadie*, du nom de ces techniciens qui accompagnent les groupes sur les tournées. Avec cette éducation, Flo a pris de l'avance. À vingt ans, elle manageait déjà des formations de glam metal : Teasin'Babes, Sleazy Angels, Libertin'Lips… Elle s'occupait de leur image, planifiait les répétitions, organisait les déplacements. Des virées mythiques. Ils prenaient d'assaut les hôtels, partageaient les chambres, ripaillaient à tous les étages. Flo Kitty regrette que cette époque soit révolue en France. Elle est convaincue que la fête continue en Californie. Elle doit y rejoindre Manu, son « chéri ». À Los Angeles, sur la côte Pacifique. D'ailleurs, en cette fin d'après-midi, dans le décor de l'Indiana Café, à la croisée du boulevard Voltaire et du Grand Ouest, elle est un peu aux États-Unis.

Chapitre 5

Metal chrétien

Le concert des Stryper doit se tenir à la Locomotive le 7 juin 1987. Greg et ses amis de Libertin'Lips, Raff et Manu, attendent la date depuis longtemps. Le groupe américain a rendu mondialement célèbre le « metal chrétien ». Un mouvement né au début des années 1970, entre la « Jesus music » et le rock psychédélique. Le nom de la formation correspond à l'acronyme d'un extrait de la bible du roi Jacques : « Par la rédemption, la force conduit à la paix, l'encouragement et la justice » (Strenght Through Redemption Yielding Peace, Encouragement and Righteousness). Le message évangélique de Stryper prend à rebours l'esprit du heavy metal, qui encense d'ordinaire la luxure et les psychotropes. Si les trois amis apprécient ce groupe, c'est moins pour sa défense de la foi chrétienne que pour sa tonalité glam. Ce jour-là, d'ailleurs, ils s'amusent d'une coïncidence : le concert tombe un dimanche de Pentecôte.

Dans la salle, une forêt de chevelures frémit sous les riffs de guitare. Les musiciens jettent des bibles à la foule. Pendant que le groupe interprète « Calling on You », premier succès mondial du metal chrétien,

Raff et Manu sympathisent avec deux Anglais de Nottingham. L'un joue de la basse, l'autre de la batterie. Eux aussi sont des inconditionnels de glam metal. Après avoir échangé adresses et numéros, les Français et les Britanniques promettent de se revoir, évoquant même l'idée de jouer ensemble.

Dans les jours qui suivent le concert, alors que Stryper poursuit sa tournée aux Pays-Bas, Raff et Manu font un essai avec les Anglais. Ils sont tous enthousiastes. Leurs styles s'accordent parfaitement. Du jour au lendemain, comme on le fait à vingt ans, les deux Français partent s'installer à Nottingham, pleins d'espoir pour Libertin'Lips. Greg, lui, reste à Paris, sans ses grands frères d'adoption.

Mais Raff et Manu ne s'encroûtent pas dans les Midlands. Ils reviennent souvent en France pour voir leurs familles, leurs amis. On se retrouve au Gibus le mardi soir, bien sûr, mais aussi au Grillon, dans l'Essonne. Ils y croisent Florana. La jeune femme en bas résille traîne avec des musiciens qu'ils connaissent vaguement. De retour en Angleterre, Raff et Manu envisagent de quitter Nottingham pour vivre à Londres. Le bassiste et le batteur anglais, de leur côté, refusent de s'éloigner des Midlands. En 1988, les deux Français sautent le pas. Ils migrent vers la métropole britannique sans les musiciens de Nottingham. Ils posent leurs valises en périphérie de Londres, dans des chambres minuscules au loyer hors de prix. Si les Libertin'Lips ont investi la capitale du glam rock, il leur manque désormais un batteur et un bassiste.

Quelques semaines plus tard, lors d'un séjour à Paris, ils proposent à Greg d'intégrer leur groupe. Le jeune homme, vingt ans à peine, ne se fait pas prier. Il part aussitôt pour Londres, paradis des métalleux. Les trois Français font la fête, répètent assidûment et travaillent dans les boutiques de fripes de Carnaby Street pour gagner un peu d'argent. Quelques amis de Paris leur rendent visite. Florana est parfois du voyage. Une foule de glamouzes traversent alors la Manche dans les deux sens, squattant chez les uns et les autres. Alors que Greg est à Londres depuis plusieurs mois, il tombe amoureux d'une strip-teaseuse. Le batteur des Libertin'Lips entame une liaison orageuse avec elle. Il la surnomme Blackwidow, la veuve noire.

Chapitre 6

Les clefs du forum

Life for Paris se constitue officiellement en association au milieu du mois de janvier 2016. Avec plus de quatre cents membres, elle s'impose comme la plus grande communauté organisée des victimes du 13 novembre. Les statuts précisent sa vocation : suivre les survivants, leur offrir un espace de dialogue et agir pour l'amélioration de leur prise en charge. Life for Paris accueille « à la fois des rescapés, des familles de victimes, des primo-intervenants et des aidants, tous directement concernés par les attentats du 13 novembre 2015 ». Pour les fondateurs, ce lancement est contemporain d'une occasion manquée. Quatre jours plus tôt, une autre association – « 13onze15 : Fraternité et Vérité » – a annoncé sa création. Personne, à Life for Paris, n'était au courant. Devant le fait accompli, les membres du forum ne peuvent que regretter cette division inattendue de la « communauté des victimes ».

Au sein de la structure désormais officielle, Florence se voit confier les « clefs » de la page secrète, en plus du recueil des témoignages. Elle devient la gardienne du temple, celle qui accompagne les rescapés vers le forum, veille à l'harmonie des interventions et avertit l'équipe dirigeante en cas de problèmes. Et il y en a quelques-uns. Un homme travaillant dans la sécurité, à peine arrivé sur la page secrète, dénonce l'attitude suspecte de certains membres. Il diffuse aussi des photos sensationnalistes prises à l'intérieur du Bataclan. Après avoir consulté les autres bénévoles, Flo l'invite à quitter le forum. L'homme rue dans les brancards, mais la gardienne du temple ne se laisse pas impressionner. Elle annonce bientôt à l'équipe dirigeante que l'importun a quitté le groupe, avant d'ajouter : « Souvent, les gars qui bossent en sécu n'ont pas grand-chose dans le citron ! »

Un autre rescapé, plus jeune, demande avec insistance à accéder au forum. Il livre un récit décousu de son 13 novembre. Florence étudie son compte Facebook au moment des attaques. Tout semble cohérent. Elle lui explique alors comment rejoindre la page secrète. Il lui suffit de produire une copie de sa place de concert pour les Eagles of Death Metal. La demande tombe mal : le candidat l'a égarée dans la confusion des attentats. Avec une attention toute maternelle, Flo l'aide à retrouver une trace de son ticket. C'est d'autant plus important, précise-t-elle, que cette pièce sert aussi à déposer plainte, puis à ouvrir un dossier auprès du Fonds de garantie des victimes des actes de terrorisme (FGTI) afin d'être indemnisé. Au bout de quelques jours, le jeune rescapé parvient à récupérer une preuve d'achat auprès de la Fnac. La porte du forum s'ouvre.

Flo Kitty est omniprésente sur les réseaux sociaux. Elle relaie toutes les initiatives de la communauté : sorties, anniversaires, cérémonies… Si elle accompagne virtuellement ces événements, sa maladie l'empêche le plus souvent d'y assister. Le syndrome de Cushing la fatigue et réduit ses mouvements. On ne l'aperçoit jamais la nuit sur le boulevard Voltaire, où passants et rescapés se recueillent devant des bougies, des fleurs et des dessins. L'ancien ambulancier Cédric R., lui, est devenu l'un des piliers de ces commémorations improvisées. Il les commente abondamment dans la presse. Autour du mémorial, explique-t-il, de « parfaits inconnus » les enlacent, « boivent leurs paroles », les invitent à dîner. « C'est bizarre, mais des fois j'ai presque envie de revenir au soir des attentats, confie-t-il au journal *Libération*. Tu n'as pas envie de sortir de ce truc hyper fort[2]. » Le même article donne la parole à une psychanalyste, qui analyse cette étrange confession : « Certaines personnes ne peuvent pas s'empêcher de ressentir une forme d'excitation liée à la scène traumatique. Le groupe procure un soulagement à court terme. Au début, c'est très aidant, mais il y a aussi des risques. Notamment celui de se construire une identité de victime. »

Au mois de janvier, les réunions nocturnes du boulevard Voltaire s'espacent, mais l'ancien ambulancier reste sur le qui-vive, à l'affût des survivants qui déraillent. À la moindre alerte, il sonne le ralliement des troupes : « Urgent, il y a quelqu'un dans le

2. *Libération*, 14 février 2016.

secteur du Bataclan ? Un membre du groupe est en crise[3]. » Une dizaine d'adhérents peuvent répondre d'un seul tenant à l'appel, filant en pleine nuit devant la salle de concert, avant d'aller boire un verre dans le voisinage. Cédric R. est si entreprenant que certains rescapés pensent qu'il est le président de Life for Paris.

Florence se joint plus volontiers aux apéros des Furieux à Bastille, un établissement couru par les fans de rock. Dans une interview à *Libération*, elle justifie le choix de ce bar : « Il ne faut pas oublier que les gens étaient au Bataclan pour voir Eagles of Death Metal, ils ont en commun un état d'esprit rock, qu'on retrouve dans le noyau dur du groupe[4]. » Elle fait de l'humour sur cette manie de se retrouver autour d'un verre : « On va devenir des pochetrons. […] On a enfin trouvé un réconfortant. » Florence et Cédric ne sont pas les seuls adhérents fidèles à ces apéros. Il y a aussi Jean-Luc B., un athlète qui semble en permanence au bord du gouffre. Orphelin élevé par sa grand-mère, il a vu ses deux meilleurs amis mourir au Bataclan. Quelques jours plus tard, son amoureuse lui annonçait qu'elle le quittait. Jean-Luc B. ne cache pas ses envies de suicide. Des survivantes ont par ailleurs remarqué qu'il avait les mains baladeuses. Alors qu'une adhérente s'en plaint auprès de Florence, la bénévole du Val-de-Marne, dans sa veine maternelle, la met en

3. *Ibid.*
4. *Ibid.*

garde : « Il est pas évident, Jean-Luc. Moi aussi, il m'a mise mal à l'aise. Il est trop bizarre… À l'avenir, évitez Jean-Luc. »

Daech diffuse à la fin du mois de janvier une vidéo où apparaissent neuf des djihadistes impliqués dans les attaques du 13 novembre. Tournée à la manière d'un blockbuster américain, elle montre les kamikazes dans le désert, décapitant des prisonniers en tenue orange, scènes entrecoupées de menaces envers la France et de chants à la gloire du djihad. Le même jour, Cédric, résolu à prouver que les terroristes ne l'empêcheront pas de s'amuser, annonce une grande fête pour ses vingt-huit ans dans son pavillon des Yvelines. Florence indique aussitôt qu'elle ne pourra pas en être, mais relaie l'invitation, créant un événement sur Facebook.

Le soir de la fête, plus d'une dizaine de rescapés répondent à l'invitation. Ils rallient un pavillon du Chesnay, dans les Yvelines, à un jet de pierre du cimetière Notre-Dame de Versailles. L'ancien ambulancier est ravi d'être au centre de l'attention. Il exhibe ses coupes sportives et ses décorations de pompier volontaire. Les verres se vident à une cadence soutenue. Tard dans la nuit, quatre ou cinq invités regagnent Paris en voiture. Sur la route, le véhicule a un accident. Plusieurs personnes sont blessées. On prévient les secours ainsi que Cédric. Depuis son pavillon, ivre mort, l'ancien ambulancier se perd alors dans un monologue mortifère, assurant qu'il aurait mieux fait de prendre une balle devant le

Bataclan. D'autres auraient survécu. Et il n'y aurait pas eu cet accident. Le lendemain, lorsque Florence apprend la nouvelle, elle ne se pardonne pas d'avoir relayé la fête sur le forum.

Chapitre 7

La greffe

« Ça m'ennuie de savoir que tu n'as pas la pêche. Je suis là si tu as besoin de parler, même si on se connaît peu. » Florence s'enquiert souvent de la santé de Catherine, sa coéquipière. Au cours du mois de janvier 2016, alors que Life for Paris se constitue en association, le moral des troupes est au plus bas. À l'hôpital Pompidou, Greg ne va pas fort, lui non plus, comme Flo le confie à Catherine. Mais il se décide enfin à rejoindre la page secrète : « Hello, je viens d'arriver, écrit-il sur le mur du forum. Pour l'instant, j'arrive pas encore à livrer un témoignage, souvenirs trop flous… Je ne me sens pas encore prêt à avoir des visites, mais je suis là sur cette page, et espère mieux vous connaître tous. Des bisous et du rock. »

À la fin du mois, Catherine – coutumière des « to-do list » – s'aperçoit qu'une mission est restée en suspens : l'organisation d'une visite à Pompidou pour Greg. À nouveau consulté par les bénévoles – cette fois directement *via* son compte Blackwidow Grib –, le rescapé se dit toujours favorable à l'idée, mais continue de se dérober. Cette attitude fuyante,

Catherine finit par la mettre sur le compte de la timidité. Ou sur l'un des nombreux effets du stress post-traumatique. Florence se garde de commenter les dérobades de son ami. Elle s'en tient aux nouvelles médicales. Greg fait des analyses en prévision de son autogreffe du nerf sciatique. Il discute parfois avec Manu sur Skype, une bouffée d'air californienne qui l'aide à tenir le coup.

Chapitre 8

Squat & machine à coudre

À Londres, les Libertin'Lips vivent de peu. Les quelques heures de travail dans les boutiques de Carnaby Street payent à peine le loyer de leurs chambres et leurs fréquents allers-retours à Paris. Lorsqu'il est de passage en France, Greg croise parfois Florana dans les fêtes. Elle accompagne souvent Véro, une belle Eurasienne avec laquelle le batteur des Libertin'Lips passe la nuit à l'occasion. Sa liaison avec Blackwidow, la strip-teaseuse, est trop tumultueuse pour être exclusive. De temps à autre, Florana et sa copine Véro viennent elles aussi à Londres passer quelques jours, sinon quelques semaines. Des amis les hébergent. Le matin en France, le soir en Angleterre, la scène glam enjambe la Manche.

Florana annonce un jour à Greg qu'elle a un « plan en or » à Londres. Un de ses potes gère un squat au cœur de la capitale. Il est d'accord pour accueillir les Libertin'Lips. Ils devront seulement payer leur part d'électricité. Véro et Florana doivent elles-mêmes s'y installer. Greg et Manu sautent sur l'occasion. Ils demandent à Florana de confirmer leurs places dans le squat, puis rendent leurs piaules londoniennes hors de prix. Persuadés d'avoir trouvé le nid idéal, Greg et Manu viennent à Paris chercher des affaires supplémentaires. Pour le retour en Angleterre, Florana propose d'utiliser sa voiture. Ça l'arrange : elle a une Toyota, mais pas le permis. La jeune glameuse doit aussi emporter des affaires à Londres, en particulier sa machine à coudre : en plus de manager des groupes, elle est styliste-modéliste. Elle prévoit de lancer une marque de vêtements en Angleterre.

Le jour du départ, on charge la Toyota Celica, un vieux modèle au capot busqué. Au moment de prendre la route, la voiture tombe en panne. Le batteur demande en urgence à sa mère de lui prêter son petit utilitaire. Avec Manu, il y transborde le chargement de la Toyota : valises, machine à coudre, instruments. Un barda si encombrant qu'il ne reste plus de place à l'arrière pour Florana. Confus, Greg et Manu lui suggèrent de rallier Londres en bus et en ferry. Eux se chargent de la machine à coudre… La jeune glameuse fait d'abord la tête, puis en prend son parti. Pendant que les deux amis s'élancent vers l'Angleterre, Florana est raccompagnée chez elle, à Maisons-Alfort, par la mère de Greg.

Le lendemain, l'utilitaire des Libertin'Lips se gare près du squat. Ils sont impatients de découvrir leur nouveau repaire. Bagages sous le bras, le batteur et le guitariste frappent à la porte de la maison. Un Eurasien aux yeux rougis leur ouvre. Une forte odeur d'herbe s'échappe du vestibule. Greg et Manu se présentent. Leur interlocuteur, Français lui aussi, plisse le front. « Vous allez vous installer ici ? s'étonne-t-il. Qui vous a dit de venir ? » Les deux musiciens prononcent du bout des lèvres le nom de Florana. « Elle, c'est bon, elle doit s'installer ici, fait l'Eurasien. Sa copine Véro est déjà là. Mais Florana ne m'a jamais parlé de vous… »

Chapitre 9

The place to be

Le 16 février 2016, les Eagles of Death Metal sont de retour en France. Ils doivent se produire à l'Olympia. Le show est ouvert au public, même s'il est avant tout destiné aux rescapés du 13 novembre. Certains attendent la fin du concert interrompu trois mois plus tôt. D'autres préfèrent y voir un nouveau show. Tous, en revanche, appréhendent l'enfermement dans la salle, malgré un dispositif de sécurité à la hauteur de l'événement. En son for intérieur, chaque victime se demande si les djihadistes n'ont pas prévu, eux aussi, d'achever leur mission en éliminant ceux qui sont restés vivants.

Le jour du concert, plusieurs bénévoles de Life for Paris se retrouvent devant l'Olympia. Ils distribuent des badges aux couleurs de l'association, répondent à des interviews, et se familiarisent avec les lieux, où une foule immense est déjà rassemblée. Quelques adhérents cherchent Flo du regard. Ils se renseignent. Personne n'a vu Flo ? On leur répond qu'elle ne viendra pas, ni cet après-midi, ni ce soir. Des problèmes de santé, croient savoir certains. Elle veut être près de Greg, dont la greffe approche, avancent d'autres.

En début de soirée, avant le concert, les Eagles of Death Metal prennent le temps d'échanger avec les survivants. Dehors, la foule des fans, impatiente d'entrer, malmène les agents de sécurité. Au pied des escaliers, Cédric R. vide des pintes avec deux femmes blessées le 13 novembre, Alexandra D. et Audrey G. Alors que les musiciens montent sur scène, la secrétaire d'État chargée de l'aide aux victimes fait une brève apparition pour saluer les rescapés. Le show commence enfin. Les Eagles of Death Metal ne donnent pas le meilleur d'eux-mêmes. Le chanteur est ivre. Sa voix déraille. Il casse des cordes de sa guitare. Le public n'est pas à la fête, lui non plus – seuls quelques spectateurs vivent un « grand moment de rock'n roll ». La plupart des survivants peinent à s'éloigner des issues de secours, à l'affût d'une embardée ou d'une détonation. Beaucoup ont l'impression que la foule est venue à l'Olympia pour se procurer un « petit frisson ». Ils se sentent observés comme des spécimens.

Le lendemain, Florence, absente lors du concert, parcourt les échanges du forum. Les adhérents regrettent que le show n'ait pas été réservé aux seules victimes. Flo abonde dans leur sens, déplorant le voyeurisme de la foule. Pour tous ces curieux, commente-t-elle, c'était *the place to be*. Un membre de Life for Paris critique l'absence de prise en charge psychologique : « Voici mon tout petit feedback sur le dispositif : j'étais très mal à la fin. Pleurant près de la scène. À ce stade, personne n'est venu vers moi. Le vigile m'a juste demandé de partir. Près du bar, [alors que j'étais] toujours en pleurs, un psy est venu me voir en mode gentil : si vous voulez parler… »

Alors que les commentaires se succèdent sur la page secrète, le staff de l'association confie à Florence un problème urgent : Jean-Luc B., le survivant aux mains baladeuses, vend des tee-shirts pirates à l'effigie des Eagles of Death Metal. Pour écouler son stock, il a même placé un bon de commande sur le forum.

Chapitre 10

London calling

Le gérant du squat londonien accepte de discuter avec les Libertin'Lips. L'amie de Florana, déjà sur place, les aide à négocier. Elle dresse un portrait avantageux des Français. Ce sont des hôtes de confiance. Ils sont prêts à payer un loyer, à faire de la peinture et même à poser de la moquette. Le gérant maugrée, mais finit par accepter. D'ailleurs, lui non plus n'est pas irréprochable : il deale de l'herbe en grosses quantités. Les Libertin'Lips, aux anges, déposent leurs affaires dans le squat.

Quelques jours plus tard, lorsque Florana débarque à Londres, les Français l'attendent de pied ferme. Pourquoi leur a-t-elle raconté des conneries ? Le gérant n'avait jamais entendu parler d'eux. Il a failli les renvoyer en France, avec leurs bagages et leurs instruments. Florana bafouille. C'est un malentendu. Elle est désolée. Le gérant du squat a l'esprit embrumé. Il fume trop d'herbe. Mais à quoi bon s'énerver, puisque l'affaire est arrangée ?

Rejoignant son amie Véro, elle s'installe avec eux dans le squat. Ils ne vivent pas pour autant en communauté. Chacun vaque à ses occupations.

Manu et Greg répètent tous les jours avec Raff, qui habite un autre quartier de Londres. Ils ne croisent les Françaises qu'entre deux portes, même s'ils se retrouvent souvent le soir pour faire la fête. Un mois s'écoule, puis un autre. Greg semble heureux, bien que sa liaison avec Blackwidow, la strip-teaseuse, soit toujours aussi chaotique.

Un jour, Véro demande à parler discrètement aux Libertin'Lips. Elle a quelque chose de gênant à leur confier. Florana raconte partout que Manu est son mec. Il serait fou d'elle. Il rêverait de l'épouser. D'autant qu'elle est juive, comme lui. Mais elle s'en fout. Elle n'a aucunement l'intention de se marier avec ce guitariste impulsif. D'ailleurs, elle coucherait aussi avec Greg. Manu l'aurait appris. Ivre de jalousie, il lui arriverait de la frapper. Les Français tombent du placard. Où Florana est-elle allée chercher toutes ces salades ?

Greg et Manu décident de la confronter à ses mensonges. Un soir, dans le squat, en présence de Véro, ils lui demandent de s'expliquer. Florana nie tout. C'est faux. Elle n'a jamais raconté des choses pareilles. Véro l'observe en souriant. Manu esquisse un sourire, lui aussi : « Et comme ça, tu es juive, maintenant ? » La jeune glameuse opine timidement. « Tu as fait ta bat mitsvah ? reprend le guitariste. Alors raconte-moi comment ça se passe. Je t'écoute… » Florana fond en larmes et monte à l'étage.

Au bout de quelques heures, ne la voyant pas réapparaître, les Français toquent à la porte de sa chambre. Silence. Ils finissent par entrer, trouvant Florana allongée sur son lit, les yeux clos. Des cachets sont éparpillés sur le matelas. Elle semble inconsciente. Les Libertin'Lips appellent les secours. Une équipe de pompiers débarque aussitôt dans le squat. Ils l'installent sur une chaise, qui est ensuite utilisée comme une civière. Greg et Manu voient Florana disparaître dans les escaliers, somnolente, en position assise. Ils se font discrets auprès des pompiers. Le squat est illégal et ils n'ont pas de titre de séjour en Angleterre.

Chapitre 11

Créteil Soleil

Le jour du « concert retour » des Eagles of Death Metal à l'Olympia, Florence reste dans le Val-de-Marne. Elle ne quitte l'appartement de sa mère que pour se rendre au Service départemental de police judiciaire, près du tentaculaire centre commercial Créteil Soleil. À l'accueil, Flo se présente comme une victime du Bataclan. Elle veut savoir où les rescapés peuvent déposer plainte. On la fait patienter un instant. Un brigadier-chef descend. Ils remontent ensemble dans son bureau. Avant de l'entendre, l'officier de police judiciaire récapitule son état civil : Florence M., née le 26 mars 1969 à Charenton-le-Pont ; domiciliée à Maisons-Alfort ; profession : styliste. La glameuse aux cheveux roses confirme qu'elle souhaite porter plainte contre « Salah Abdeslam et autres » pour « tentatives d'assassinats en bande organisée en relation avec une entreprise collective visant à troubler gravement l'ordre public par l'intimidation ou la terreur ». Elle remet au policier une place de concert pour les Eagles of Death Metal, achetée soixante-douze euros, preuve de sa présence au Bataclan le soir des attentats.

Après avoir inventorié la pièce, l'enquêteur l'invite à revenir sur la nuit du 13 novembre.

« Ce soir-là, détaille Florence, j'avais décidé de me rendre au concert des Eagles of Death Metal, un groupe que je connais depuis longtemps, mais que j'avais raté en juin, lorsqu'ils étaient passés à Paris. J'y suis allée seule, je me doutais que j'allais rencontrer des gens que je connaissais, car je fais des concerts de rock depuis l'âge de dix-sept ans, et on finit par connaître du monde dans ce milieu. [...] J'arrive vers 19 h 45 au Bataclan. Il y a déjà pas mal de monde. Il y a un groupe en première partie qui finissait. Les Eagles of Death Metal ont débuté vers 20 heures. »

Florence livre alors une description exhaustive de ses mouvements dans la salle :

« Je vais au bar, je prends une bière, j'essaie ensuite de bien me placer. Il y a une rambarde entre les piliers du bar, c'est un peu surélevé et je me positionne là. Je suis proche du bar et des toilettes [...], c'était très bien. En sachant que je connaissais parfaitement cette salle pour y avoir été des centaines de fois. J'y ai même travaillé car j'ai bossé dans une boîte d'événementiel. Je connais toutes les salles parisiennes. Le concert commence, la salle est vraiment pleine, l'ambiance est formidable, les gens ont tous le sourire, les gens sont heureux d'être là. C'est un groupe qui donne la pêche, le chanteur interagit avec le public, c'est vraiment de bons moments. »

Les djihadistes font alors irruption dans la salle :

« À un moment, j'entends comme un bruit sec, comme des pétards ou un coup de caisse claire de batterie. Je regarde la scène en attendant un effet quelconque, pyrotechnique ou autre. Tout le monde tourne la tête sur la droite, je fais de même et je vois des gens terrorisés, surtout dans la fosse [...] et là je retourne la tête de droite à gauche et je vois le groupe quitter la scène. Le type à côté de moi avec qui j'avais échangé des banalités me dit de me baisser et il pose sa main sur mon épaule. Je m'accroupis au niveau de la barrière. Ce gars, je ne sais pas qui il est, il a appuyé sur mon épaule en me disant : "Baisse-toi ! Baisse-toi !" Je ne comprenais toujours pas ce qui se passait. Et puis ça tirait tout le temps. Je restais prostrée, mon bras devant mes yeux. J'essayais de maîtriser ma respiration. Le type me disait de ne pas bouger. J'entendais des claquements. J'ai compris qu'il s'agissait d'armes à feu. [...] J'ai vraiment une peur bleue des armes. Dans ma tête, je me disais : "Mais quoi ? Qu'est-ce qui se passe ? Pourquoi ?" Les coups de feu se sont enchaîné, on aurait dit qu'ils étaient synchronisés, quand une arme s'arrêtait, une autre reprenait à côté. Et puis il y avait cette odeur qui me prenait à la gorge, l'odeur de la poudre. [...] À un moment, il y eut comme une courte accalmie et quelqu'un a crié depuis la fosse : "Go ! Go ! Go !" Moi j'étais comme ailleurs, le type à côté de moi m'a dit : "Vas-y fonce !" Machinalement, je me suis levée et,

> à moitié pliée sur moi, j'ai couru jusqu'à la porte à côté des toilettes. Ça a commencé à bouchonner à la sortie. […] Ça poussait, j'étais dans les marches un peu coincée et puis une main a attrapé mon bras pour me tirer vers l'extérieur. »

Le brigadier-chef lui demande si elle a vu des gens tomber.

> « Oui, répond-elle, ils glissaient, ils tombaient au sol, j'ai vu des gens blessés. Je me suis retrouvée dans le passage Amelot. Je me suis stoppée quelques instants pour prendre une belle bouffée d'air. Et puis les tirs ont repris. Une jeune femme a crié : "Il faut se barrer !" J'ai couru vers le fond du passage Amelot, pas vers Voltaire. Je n'ai jamais trouvé ce passage aussi long. Arrivée au bout, je ralentis un peu et j'arrive sous une espèce de porche. J'ai pris à gauche et suis arrivée au Carrefour City. […] Je me suis arrêtée un moment. J'ai regardé ma montre, il était 22 h 06. J'étais effarée de ce qui venait de se passer en si peu de temps. J'ai croisé des gens tout aussi hébétés que moi. Je reprends mes esprits. Je demande une cigarette à un passant, alors que j'ai arrêté de fumer quinze jours plus tôt. Je ne discute pas vraiment avec ce type, juste des réactions du genre : "Oh, merde… Putain…" À ce moment, je vois que j'ai du sang sur le bras gauche. Ce n'était pas le mien. J'ai fini ma cigarette, on a entendu les sirènes des secours. J'avais […] une attitude robotisée. Je n'avais qu'une envie, partir loin de tout ça.

J'ai traversé le boulevard Beaumarchais. J'ai hélé un taxi. [...] Je lui ai demandé de m'emmener à Maisons-Alfort. Il n'avait pas l'air au courant [des événements]. On n'en a pas parlé. »

Florence raconte ensuite son retour dans le Val-de-Marne.

> « Ma mère n'était pas chez elle ce soir-là. Je ne voulais pas rester seule. J'ai appelé un ami qui n'avait pas pu venir au concert parce qu'il était de garde pour le matériel, la veille, sur le show des U2 à Bercy. Je lui demande s'il peut venir. Je lui dis juste que j'étais au concert et que je lui expliquerai. Il me rejoint à Maisons-Alfort. Je l'attendais chez moi, j'étais sonnée. J'ai repris une cigarette et me suis servi un verre. Je n'ai pas allumé la télé avant que mon ami arrive. Ensuite, on l'a allumée et on a vu que c'était le bordel dans tout Paris et que ça n'était pas fini au Bataclan. »

L'enquêteur lui demande si elle a été blessée. « Non, pas physiquement », précise-t-elle.

« Avez-vous été prise en charge ? », veut aussi savoir le brigadier-chef.

> « Sur le moment non, répond Florence. Je n'ai vu ni pompier ni policier. Je travaille en freelance, je n'ai ni horaire ni employeur, je me suis octroyé un peu de repos. J'ai passé le week-end avec une amie. On s'est mises en terrasse de café à Maisons-Alfort. Ce sont mes endroits habituels, [...] mais

je n'étais pas bien, comme si j'avais la gueule de bois. Le jeudi qui a suivi, j'avais rendez-vous avec mon chirurgien pour un souci de santé que je traîne depuis 2014. […] Je lui dis juste que ça ne va pas […], sans préciser que j'étais au Bataclan. […] Je ne sors plus de chez moi, mais je parle avec mon petit ami sur Internet. Il est à Los Angeles. »

L'enquêteur se renseigne sur sa consommation de médicaments.

« Mon médecin traitant m'a mise sous Prozac en janvier, indique-t-elle. […] Je n'arrivais pas à me concentrer, ni pour le travail, ni même pour suivre un film à la télé. »

Le policier conclut son procès-verbal par une question médicale, comme le veut la procédure réservée aux victimes d'attentat : « Consentez-vous à être vue par un médecin du service médico-judiciaire ? » Florence accepte : « Oui, je prends acte que vous me remettez une réquisition judiciaire afin d'être visée par un médecin psychiatre. » « Avez-vous autre chose à déclarer ? », s'enquiert le brigadier-chef. « Non, je n'ai rien à ajouter », répond la styliste de Maisons-Alfort. Elle quitte le SDPJ 94 avec une copie de sa plainte et de sa réquisition, autant de pièces qui ouvrent le droit à une indemnité auprès du Fonds de garantie des victimes du terrorisme.

Chapitre 12

Salle de réveil

Trois jours après le concert des Eagles of Death Metal à l'Olympia, Florence publie un message sur la page secrète de Life for Paris : « Manifestement la greffe de Greg (Blackwidow Grib) s'est bien passée, il n'est pas encore remonté de la salle de réveil, je vous tiens au courant dès que j'en sais plus. » Plusieurs rescapés ajoutent un like à son post et lui envoient des messages de soutien. « OK, biz à lui dès que tu peux lui faire et biz à toi aussi », écrit l'un d'eux. « Transmets-lui nos plus grands encouragements et notre amitié la plus forte qui soit », commente un autre.

Chapitre 13

Chasse aux sorcières

Depuis le concert de l'Olympia, des tensions sont apparues sur le forum. Jean-Luc B., l'athlète aux mains baladeuses, fait l'objet de remarques désobligeantes. Son bon de commande pour la vente de tee-shirts pirates a été retiré de la page secrète, mais son attitude demeure imprévisible. Il envoie à certaines adhérentes des messages cavaliers qui confinent au harcèlement. L'athlète aurait volé des vêtements à une rescapée du Carillon, Alexandra D., après être passé chez elle. Florence voit en lui un « sérieux désaxé ». Elle avoue aux autres bénévoles que Jean-Luc lui a pris quelque chose, à elle aussi, au cours d'un apéro : « Il s'est permis de me piquer mon paquet de clopes… » Elle ne le condamne pas pour autant : « Je suis d'un naturel optimiste, c'est ce qui m'a permis de toujours garder le cap ! J'ai bossé de longues années dans la jungle du rock et de la nuit. »

Un autre feu couve sur la page secrète. Cédric R. a quitté le forum du jour au lendemain. Un carré d'adhérents le soupçonne d'être une fausse victime. Au cours des « apéros-thérapies », l'ancien ambulancier a en effet formulé de curieuses requêtes. Il a demandé à d'autres rescapés de témoigner de sa présence devant le Bataclan. Le soir du 13 novembre, plusieurs survivants l'ont bien aperçu dans le café Le Baromètre, boulevard Voltaire, mais personne ne se souvient de lui devant la salle de concert au moment de l'attaque. « Ça m'ennuie un peu pour mes démarches auprès du Fonds de garantie, se lamente-t-il devant ses compagnons d'apéro. Vu comme c'est parti, je risque d'être indemnisé dans cinq ans. J'aurais mieux fait d'aller voir les Eagles of Death Metal. Mais non, comme un con, je passais par là et j'ai bu une Carlsberg à la terrasse du Bataclan Café. C'est pas aussi facile pour moi que pour vous, je n'ai pas de place de concert à montrer… »

Les survivants sollicités bottent en touche, lui suggérant de porter plainte à la police. Avec un procès-verbal, son dossier au Fonds de garantie ne souffrira d'aucune ambiguïté. « Les flics, sûrement pas ! tempête Cédric. Je veux rien avoir à faire avec eux. C'est des enculés, des fils de pute… » Il oublie de préciser qu'il a essayé quelques mois plus tôt d'entrer dans la police. Au sein de l'association, ses demandes répétées commencent à faire jaser. Si sa version du 13 novembre est précise, elle ne semble pas moins hasardeuse. Une femme enceinte aurait essuyé la rafale de kalachnikov qui lui était destinée. Personne n'a pourtant entendu parler d'une femme enceinte devant le Bataclan, encore moins de son décès. Quatre ou cinq membres de Life for Paris émettent ouvertement des doutes sur le forum.

Cédric se braque aussitôt. Puisque c'est comme ça, il quitte la page secrète. Au revoir tout le monde. Sur Facebook, il ne reste ami qu'avec Florence. « C'est ma maison à Los Angeles qui l'intéresse, lol ! », s'amuse la styliste auprès des autres bénévoles. Flo fait allusion à la villa qu'elle possède avec son fiancé Manu en Californie. Elle a invité plusieurs membres de Life for Paris à y séjourner l'été prochain.

L'ancien ambulancier s'éclipse, mais ne s'avoue pas vaincu. Il organise une riposte, envoyant des messages anonymes aux membres du forum. Pour l'épauler, il compte sur Audrey G., une survivante blessée à la jambe, qui se déplace en béquilles. Depuis sa sortie d'hôpital, elle rôde la nuit autour du Bataclan, en larmes. Cédric, qui l'a rencontrée devant le mémorial, l'enrôle dans sa contre-offensive. Ensemble, ils décident de jeter le soupçon sur un jeune survivant, l'accusant d'être une fausse victime. Il est à peine majeur. C'est lui que Florence avait aidé à retrouver une trace de sa place de concert, égarée dans la confusion des attentats. Depuis qu'il a rejoint le forum, les bénévoles l'accompagnent avec une attention particulière. Dévasté par l'attaque du Bataclan, il est issu d'une famille modeste et nombreuse, où lui seul travaille. L'équipe de Life for Paris soupçonne Cédric et Audrey de le harceler à coups de messages anonymes. Face à cette salve accusatrice, le jeune rescapé prend ses distances avec l'association, se repliant un peu plus sur lui-même.

Florence s'efforce d'apaiser les tensions. Sa marge de manœuvre est étroite, la plupart des messages étant émis par des comptes fantômes. « Ils n'ont rien d'autre à foutre, sérieux ? », s'indigne la bénévole. Elle se penche sur le cas d'Audrey, qui lui paraît aussi vulnérable que le jeune homme qu'elle est soupçonnée de persécuter. Touchée par trois balles de kalachnikov, cette femme blonde porte un plâtre à la jambe. Sa fille, âgée de cinq ans, la suit partout, y compris la nuit dans les environs du Bataclan. Un soir, un survivant avertit Florence et sa coéquipière Catherine qu'Audrey erre près du mémorial, dans les frimas de février. Les deux bénévoles se démènent pour qu'une équipe de SOS Psychiatrie intervienne. « Je n'aime pas savoir les gens borderline comme ça », déplore la styliste. Une fois la jeune femme prise en charge, Florence remercie Catherine de l'avoir épaulée : « C'est bien ce que tu as fait pour Audrey. »

Chapitre 14

La carte du Bataclan

À la demande de plusieurs adhérents, le staff de Life for Paris organise un retour des survivants au Bataclan. Florence se propose pour accueillir les rescapés. Elle souhaite aussi voir l'endroit où Greg est tombé, à gauche de la fosse. En ce début de mois de mars, la surveillance policière mise en place autour de la salle de concert ressemble à celle déployée quinze jours plus tôt dans le périmètre de l'Olympia. À quelques différences près : cette fois-ci, l'événement est confidentiel et strictement réservé aux victimes ainsi qu'à leur famille. Pour éviter tout engorgement, la visite est étalée sur deux jours. Près de cinq cents personnes font le déplacement. Les survivants retrouvent les lieux qui les hantent depuis plus de trois mois. Pour beaucoup, il s'agit de « cartographier l'indicible ». La salle s'ajuste mal aux souvenirs. L'espace semble s'être ici rétracté, là allongé ou tordu. Un cagibi où une rescapée s'était cachée lui paraît minuscule. L'escalier semble curieusement droit à une autre, quand sa mémoire le voyait en spirale.

En franchissant les portes du Bataclan, Flo dit « avoir des frissons ». Au rez-de-chaussée, elle rencontre les parents d'une rescapée, bouleversés de découvrir le théâtre des attaques où leur fille a frôlé la mort. Florence tombe dans leurs bras en pleurant.

Chapitre 15

La perquisition

Greg cède ses baguettes à un autre batteur. Il ne fait plus partie des Libertin'Lips. Raff et Manu restent ses grands frères d'adoption, mais il est temps pour lui de quitter Londres. Il boucle sa valise, salue ses amis et referme la porte du squat londonien, dont le gérant a disparu du jour au lendemain, comme Florana.

Greg rejoint Paris. Il change de ville, mais reste fidèle à la scène glam, intégrant rapidement un autre groupe, les Sleazy Angels. En tant que chanteur, cette fois. Au début des années 1990, la formation se produit régulièrement au Gibus, comme les Teasin'Babes – les deux groupes ont le même manager. Florana, qui a aussi refait surface à Paris, hante ces soirées. Greg ne lui adresse pas la parole. Après les mensonges et la tentative de suicide de Londres, il préfère garder ses distances.

D'autant qu'on lui confie des anecdotes salées à son sujet. Il apprend ainsi que Florana a proposé d'acheter du matos de musique aux Teasin'Babes il y a quelques mois. Les membres du groupe, impatients de se professionnaliser, ne se sont pas fait prier. Plusieurs semaines après avoir pris possession du matériel, les musiciens ont vu débarquer la police dans leur studio de répétition. Gardes à vue. Perquisitions. Poursuites pour recel de vol. D'une audition à l'autre, les Teasin'Babes ont commencé à saisir les contours de la situation. Florana avait acheté des enceintes et des instruments avec des chèques à son nom. Jusqu'ici, rien d'anormal. Mais elle avait ensuite déclaré s'être fait voler ces mêmes chèques avant l'acquisition du matériel. Feinte que les enquêteurs ont facilement percée à jour.

Ces rumeurs confortent Greg dans sa conviction. Florana est un « cargo à problèmes » qu'il convient de fuir avant même d'entendre la corne de brume.

Fonds de garantie

À Madame Florence M.
[…]
94700 Maisons-Alfort

Vincennes, le 22 mars 2016

Madame,

Très sensible au malheur qui vous frappe, je vous souhaite beaucoup de courage dans l'épreuve que vous traversez.

Depuis 1986, la France a toujours tenu à être aux côtés des victimes, y compris pour réparer le mieux possible les préjudices subis. Cette mission a été confiée au Fonds de garantie des victimes des actes de terrorisme et d'autres infractions (FGTI). […]

En raison de la gravité des événements que notre pays vient de traverser, le FGTI souhaite que les premières indemnisations interviennent le plus rapidement possible.

C'est pourquoi nous procédons à un premier règlement de 10 000,00 € à titre de provision, qui est effectué par virement.

Dans un second temps, un examen plus précis de votre situation sera réalisé directement afin d'apprécier au mieux l'étendue de vos droits. […]

Je reste à votre disposition et vous prie de croire, Madame, à l'expression de mes sentiments distingués.

Le Directeur général,
F.W.

Chapitre 16

La collection de Manou

Via Facebook, un certain « Manou Willshire » entre en contact avec l'association au milieu du printemps : « Félicitations pour tout ce que vous faites avec Life for Paris. Je suis le "fiancé" de Flo Kitty. J'aimerais pouvoir vous aider d'une manière ou d'une autre. Big up à vous. Manu. » Le message est chaleureusement accueilli par les bénévoles. Ils ont beaucoup entendu parler de son auteur par Florence. Elle leur a présenté Manu comme un bassiste français établi à Los Angeles depuis le début des années 1990. Après avoir été guitariste de glam metal à Londres, il a intégré un groupe aux États-Unis, les Resurrection Mary. Florence l'a perdu de vue pendant vingt ans, avant de le retrouver par hasard dans un bar américain. C'est lui qu'elle doit rejoindre en Californie, dès que les symptômes de sa maladie seront stabilisés.

Dans leur réponse à Manou Willshire, les bénévoles le remercient et couvrent sa fiancée de louanges. « Oui elle est top, je l'adore, commente-t-il. Mais merci [à vous] aussi, car elle a repris confiance en elle grâce à l'association. » À Los Angeles, le bassiste a lancé une marque de vêtements vintage, All Access. Il propose à l'équipe de Life for Paris de créer une collection spéciale au bénéfice de l'association. Les ventes, il n'en doute pas, marcheront aux États-Unis. « Nous avons été très touchés ici par l'horreur des attaques de Paris, précise-t-il. La communauté française, mais aussi les Américains. [...] Quand j'ai appris les événements, j'étais en train de bosser. J'ai commencé à flipper quand je n'ai pas réussi à joindre Flo. Je savais pas où elle était. Et c'est Greg qui a été touché, j'ai eu la lourde tâche de l'apprendre à Flo... Ici nous avons été vraiment bouleversés. »

Florence discute quotidiennement avec Manu sur Skype. « On a parlé de son projet jusqu'à 6 heures du matin, c'est génial ! s'enthousiasme-t-elle auprès des bénévoles. Il y aura trois pièces disponibles, deux pour homme et une pour enfant. Il a déjà fait un truc similaire il y a trois ans pour la recherche sur l'autisme. C'est assez représentatif de l'esprit ricain, il y a toujours plein de trucs caritatifs. Son bureau de style a été super emballé par l'idée. » Une adhérente de Life for Paris lui demande si le logo de l'association figurera sur les vêtements. « Non, pas sur les vêtements, corrige Florence. Mais avec chaque modèle il y aura un petit flyer explicatif. Si tout le monde est d'accord, il pourrait y avoir le logo, voire le lien pour l'asso. Il faudrait que l'on voie ça ensemble. »

Manu semble impatient de mettre en place son « œuvre caritative » : « Je suis à mon bureau de style, je présente le projet. J'ai commencé à en parler autour de moi, tout le monde est enthousiaste ! On a retenu trois modèles. Je vous enverrai les photos. On a fixé le démarrage de la vente au 15 juin. La pub va commencer mi-mai. » D'un message à l'autre, le ton devient plus personnel : « C'est une façon de vous donner un coup de main, je sais que Life for Paris tient une grande place dans le cœur de Flo. Et je suis né à Paris… » Comme sa « chérie » l'avait fait avant lui, il propose aux bénévoles de venir séjourner dans sa maison en Californie : « On vous attend ! Il y a de la place ! Ici c'est un rêve éveillé 24/24. […] Je bosse au bord de la piscine. À Los Angeles, on joint l'utile à l'agréable ! » Il regrette toutefois d'être loin de sa fiancée : « Ça commence à faire long ! » Entre ses messages et ceux de Florence, le staff de l'association finit par ne plus rien ignorer de leur relation sentimentale. D'autant que la bénévole aux cheveux roses détaille abondamment sa vie de couple et les travers de son fiancé : « C'est un dur à cuire ! […] Encore plus têtu que moi ! »

Sa relation avec Manou Willshire s'inscrit dans un ensemble plus vaste : une constellation amicale. « Manu, Greg, Raff et moi, on s'est toujours boostés les uns les autres ! », assure-t-elle aux membres de Life for Paris. Ils forment un groupe uni à la vie à la mort. D'ailleurs, Manu ne cesse d'insister pour que Greg le rejoigne en Californie. Le rescapé du Bataclan a quitté l'hôpital Georges-Pompidou pour intégrer un centre de rééducation en Normandie. Flo confie au passage à ses coéquipiers qu'il a le moral en berne. Et elle n'y est pas étrangère : « C'est compliqué. Il a un peu trop laissé parler ses sentiments vis-à-vis de moi. Il m'a dit qu'il ressentait plus que de l'amitié… Et c'est dur à gérer. Il sait que c'est pas possible. Mais, comme il me l'a dit, les sentiments, ça se contrôle pas. » L'une de ses coéquipières lui demande si Manu est au courant. « Je lui en ai parlé, et Greg aussi, explique-t-elle. Il l'a pas mal pris car il sait que je ferai pas la bêtise une seconde fois… Maintenant, je sais un peu plus ce que je veux. […] Après avoir réfléchi pendant vingt-cinq ans ! Moi qui suis assez spontanée, là j'ai pris mon temps ! »

Manou Willshire, lui, n'évoque pas ces ambiguïtés dans ses messages. Il se contente de renseigner les bénévoles sur son projet. Au début du mois de mai, son bureau de style envoie à l'association des images de sa « collection caritative ». L'équipe de Life for Paris les trouve « canons ». « Cool que ça vous plaise, se félicite-t-il. […] J'aimerais tellement vous connaître. […] Je ne désespère pas ! Sûrement à L.A. ! »

Chapitre 17

72-30 Franklin Avenue

Au début des années 1990, Raff et Manu – le chanteur et le guitariste des Libertin'Lips – quittent Londres pour s'installer à Los Angeles. Ils choisissent une adresse mythique, le 72-30 Franklin Avenue. C'est ici que Nikki Sixx, le fondateur des Mötley Crüe, groupe incontournable de la scène glam metal, fit une overdose à l'héroïne. Transféré à l'hôpital – pendant que son dealer se jette par la fenêtre en criant : « J'ai tué Nikki Sixx ! » –, le musicien en réchappe miraculeusement. « C'était comme si quelque chose de très doux attrapait ma tête et me tirait vers le haut, racontera-t-il en revenant des limbes. J'ai regardé en bas et me suis rendu compte que j'avais quitté mon corps. Nikki Sixx, ou du moins l'enveloppe crasseuse et tatouée qui l'avait un jour enveloppé, était sur une civière que des médecins poussaient dans une ambulance. »

Attiré par cette adresse légendaire et les opportunités de la Californie, Greg quitte Paris, où il vit depuis deux ans, et s'envole vers les États-Unis au printemps 1992. Le jeune batteur rejoint ses amis au 72-30 Franklin Avenue. Après l'expérience du squat londonien, Greg et Manu habitent à nouveau ensemble.

Au moment où l'ancien batteur des Libertin'Lips arrive à Los Angeles, à la fin du mois d'avril, la ville bascule dans le chaos. Après l'acquittement des officiers qui ont passé Rodney King à tabac, la mégalopole change soudainement de visage. Incendies, pillages d'armureries, attaques de voitures aux carrefours, déploiement des troupes fédérales. Le calme revenu, Greg trouve un job dans un magasin de vêtements en cuir sur Melrose Avenue. Blackwidow, la strip-teaseuse londonienne, vient bientôt vivre à ses côtés, bien que leur liaison soit toujours aussi tumultueuse.

Dans leur repaire de Franklin Avenue, les musiciens français n'entendent plus parler de Florana. Un océan les sépare de la glameuse aux cheveux roses. Ils finissent par l'oublier, elle et ses frasques. Après deux printemps passés dans la Cité des Anges, Greg décide de revenir en France. Il a vingt-cinq ans et veut travailler dans le monde de la musique. Il commence à suivre des groupes sur les routes hexagonales, d'abord comme *roadie* (technicien itinérant), puis comme *runner* (coursier), enfin comme régisseur.

Chapitre 18

Lurch

Sur le forum de Life for Paris, dont Florence assure la médiation, les controverses se multiplient. Au sujet des terroristes du Bataclan, par exemple. Les adhérents ne parviennent pas à s'entendre sur leur nombre. Étaient-ils trois ou quatre ? Autre question âprement discutée : les victimes doivent-elles accepter une indemnisation ? Les réparations financières n'ont-elles pas un caractère obscène ? La saillie du chanteur des Eagles of Death Metal sur la chaîne Fox Business divise également les membres du forum. Jesse Hughes y exprime des doutes sur les vigiles du Bataclan, suggérant qu'ils pourraient être complices de la tuerie. Une partie des survivants jugent qu'il a tout simplement « pété les plombs ». D'autres tentent de le défendre : depuis la scène, il ne pouvait pas voir l'ensemble du dispositif de sécurité. D'autres encore rappellent que c'est un provocateur né.

Mais c'est l'arrestation de Salah Abdeslam, le 18 mars 2016, qui suscite les échanges les plus vifs. Des voix s'élèvent pour demander sa mise à mort immédiate, exigence jugée absurde par une partie du forum, qui ne souhaite pas moins son exécution, mais seulement après son procès. La plupart des adhérents, toutefois, se démarquent de ces positions, rappelant que les règles de droit restent le meilleur rempart contre le fanatisme. La médiatrice aux cheveux roses, elle, s'en tient à des commentaires neutres. Lorsque le djihadiste est appréhendé à Bruxelles, elle écrit : « Enfin une bonne nouvelle ! »

Au milieu de cette agitation, un certain Christophe T., adhérent assidu, joue une étrange partition. D'un côté, il regrette que les victimes « s'entredéchirent » ; prend des nouvelles de certaines d'entre elles ; demande à accomplir des tâches pour l'association. De l'autre, il se dit sur le « point de craquer » ; critique les projets de Life for Paris ; et affirme qu'on le « menace » par messages privés. Grande silhouette au visage pâle, il se présente comme un cadre de la SNCF passionné de vélo. Certains le surnomment Lurch, à cause de sa ressemblance avec l'organiste de la famille Addams. Christophe a perdu une amie proche au Bataclan. Cette victime laisse derrière elle un mari et deux enfants en bas âge. Florence, comme beaucoup d'autres adhérents, évite de se retrouver en tête-à-tête avec Lurch. Il se répand en confidences macabres et mystérieuses, affirmant être un « multi-balafré de l'abdomen » dont les jours seraient comptés.

À l'image de Cédric – l'ancien ambulancier – ou de Jean-Luc – l'athlète aux mains baladeuses –, il ne se pardonne pas d'être encore en vie. Comme eux, il fréquente régulièrement le mémorial de bougies et de fleurs devant le Bataclan. La nuit, il y retrouve parfois Audrey G., la jeune mère à la jambe plâtrée. Ces deux écorchés vifs ont le sentiment de se « compléter », affrontant chacun des « difficultés différentes ». Christophe est si maladroit et obsessionnel que plusieurs membres de l'association pensent qu'il est atteint du syndrome d'Asperger.

Si les humeurs erratiques semblables à celles de Lurch sont assez répandues sur le forum, son cas n'inquiète pas moins les bénévoles. D'autant qu'il envisage de quitter l'association pour porter plainte contre ceux qui le harcèlent. Le staff essaie d'en savoir plus. Qui tente de l'intimider ? Pour quelles raisons ? Christophe reste évasif. Il ne veut pas révéler la teneur des insultes anonymes. Elles seraient trop « crues » et « dégueulasses ». Les bénévoles commencent à trouver cette histoire « bizarre », sinon suspecte. Florence considère le cas Christophe T. avec philosophie : « La nature humaine… La page est une microsociété, avec tout ce que cela comporte. On pourrait en faire une série, une téléréalité ! […] Le premier jour, tout le monde s'aime et après, c'est crêpage de chignon et complots à toute patate ! »

Comme le staff insiste, Christophe accepte de produire une capture d'écran. On y aperçoit un bout de message incompréhensible. Les bénévoles sont perplexes. L'a-t-il rédigé lui-même ? Est-il vraiment menacé ? Avec le temps, Lurch finit par s'apaiser. Mais il est un sujet sur lequel il refuse de transiger : la mémoire de son amie décédée le 13 novembre. Nul n'a le droit d'y porter atteinte, sous quelque motif que ce soit. Cette susceptibilité semble un peu déplacée à l'équipe de Life for Paris. Qui voudrait bafouer cette mémoire ? Dans quel but ? Pour se remettre de ces épreuves, Christophe compte sur sa thérapie habituelle : le vélo. Il envisage de déposer un badge de l'association sur la cime de la Bonette, où serpente la plus haute route de France.

Florence n'éprouve aucune sympathie pour ce fauteur de troubles et ses atermoiements théâtraux. Elle a d'autres soucis. « J'ai des tensions dans les cervicales qui me descendent jusque dans les doigts », explique-t-elle à Catherine, sa coéquipière. La glameuse attribue ces douleurs au syndrome de Cushing : « J'ai les os fragilisés par ma maladie rare, ça m'a fait un tassement vertébral. [...] Ça va mieux, je suis en rémission, on m'a retiré une surrénale et une tumeur. Je commence à récupérer. [...] J'ai été sous cortisone et là je dois faire des contrôles réguliers. Comme traitement, c'est anti-douleurs, Levothyrox, Prozac et un comprimé pour l'hypertension. »

Catherine confie quant à elle à sa coéquipière que Christophe lui fait la cour. Il l'entoure de prévenances, lui envoie des messages, la colle lors des « apéros-thérapies ». Ces manœuvres déplaisent à Flo. Elle surveille de près la pantomime galante du cadre de la SNCF auprès de Catherine. « Tu vas à l'anniversaire de Christophe samedi ? demande-t-elle à sa coéquipière au début du mois d'avril. Moi, je ne sais pas encore… »

Chapitre 19

Le cocon

Florence apporte un précieux soutien aux survivants. L'attention qu'elle témoigne à Greg est très appréciée par l'association. D'autant que Life for Paris, qui réunit pour l'essentiel des blessés psychiques, regrette de ne pas davantage répondre aux préoccupations des blessés physiques. Tout le monde, en somme, se félicite de l'engagement de Flo. Elle aussi semble avoir trouvé une planche de salut dans l'association. « Mon engagement m'a aidée à traverser cette sale période, ces maudits événements et à reprendre confiance en moi », fait-elle savoir aux autres bénévoles.

Catherine, sa coéquipière et désormais amie, l'encourage à poser sa candidature au conseil d'administration. Elle-même ne se sent pas prête à le faire, craignant de ne pouvoir consacrer assez de temps à cette mission qui lui paraît fondamentale, sinon sacrée. Florence se laisse convaincre. Le 10 mai 2016, elle présente sa candidature sur l'« espace adhérents » de l'association, résumant ses goûts, ses compétences et son parcours :

« Passionnée de rock, d'art et d'esprit vintage américain.
Styliste de métier, mais grande expérience en événementiel rock.
J'ai connu Life for Paris en décembre, très vite j'ai eu l'envie et le besoin de m'investir auprès de vous.
Life for Paris est une deuxième famille, un cocon où il fait bon se retrouver quand tout va bien, mais aussi quand ça va moins bien.
J'ai commencé par aider sur le forum, puis je suis devenue la voix de Life for Paris pour les nouveaux arrivants. Du premier mail de contact jusqu'à l'arrivée sur la page secrète, je m'occupe des nouveaux membres. Toujours en gardant à l'esprit que cette page secrète reste un lieu privilégié et préservé dans le respect de chacun de nos membres.
Je fais également partie de l'équipe des modérateurs.
Également référente de choc des apéros !
Les Furieux sont devenus notre Q.G., où nous nous retrouvons pour passer du bon temps ensemble.
Mon objectif : faire perdurer l'esprit Life for Paris, parce qu'ensemble, nous sommes plus forts.
Flo. »

Quelques jours après cette candidature, la bénévole du Val-de-Marne intègre le cockpit de l'association.

Chapitre 20

L'étoile & le tigre

Avant de rejoindre le conseil d'administration de Life for Paris, Florence était déjà inscrite comme adhérente. Elle avait payé le montant symbolique de l'inscription – cinq euros par an – et rempli un formulaire. La bénévole avait alors consigné un nom – « Madame Florence M.-Nadam » –, une adresse – celle de sa mère à Maisons-Alfort –, son numéro de téléphone et son pseudo sur Facebook – Flo Kitty. Elle avait enfin précisé son lien avec les attaques du 13 novembre : « Amie victime blessée Bataclan ».

Depuis cette adhésion, pour le staff de l'association, elle se nomme « Florence M.-Nadam ». À l'en croire, la deuxième partie de son patronyme serait héritée d'une branche juive séfarade du côté de son père. Elle attache beaucoup d'importance à ce rameau généalogique, dont elle entretient jalousement les traditions. Au cou, elle porte une étoile de David, qui se balade sur son tatouage des Tigertailz.

À la fin du mois de mai, Florence déclare à l'équipe de Life for Paris avoir essuyé des insultes antisémites dans un bus, à Maisons-Alfort : « C'était des ados, qui sortaient du bahut. S'asseyant face à moi, un mec a vu mon pendentif, voilà… […] C'est pas la première fois, c'est pas la dernière, mais ça va aller. C'est le climat ambiant. Ça arrive tous les jours… Il y a une montée de l'antisémitisme en France depuis quelques années. Et avec le conflit israélo-palestinien, ça ne fait qu'empirer. […] J'en parlerai avec ma psy, car j'ai du mal à comprendre tout ça, toute cette haine, toute cette violence… » Pour se consoler, elle songe à sa prochaine installation en Californie : « Je serai beaucoup plus tranquille à Los Angeles. Quand Manu a su ça, il était dégoûté… »

Chapitre 21

Resurrection Mary

Dans sa correspondance avec les bénévoles, entre un mot flatteur pour Flo et le chiffre des ventes de son projet caritatif, Manou Willshire évoque sa carrière musicale. Il précise avoir joué comme bassiste-guitariste dans deux groupes, les Libertin'Lips à Londres et les Resurrection Mary à Los Angeles. Il partage même un lien YouTube permettant d'écouter un titre de la deuxième formation, tiré de l'album Moon over Babylon. En plus de cette chanson, on peut apercevoir une photo du groupe. Une image en noir et blanc de cinq glamouzes, blouson de cuir et cheveux longs. Ils fixent l'objectif avec une expression vaguement vénéneuse.

Les bénévoles qui fréquentent le compte de Manou Willshire peuvent le reconnaître : il se tient debout à gauche, les mains dans les poches. À Life for Paris, au-delà de ce lien YouTube, personne ne prend la peine d'en savoir plus sur la formation du petit ami de Florence. Les bénévoles sont déjà débordés : recherche de subventions, négociations avec les élus, préparation d'événements et de commémorations. En plus de leurs propres difficultés, ils doivent aussi s'occuper de celles des adhérents : décompensations, suicides, repli sur soi… Engagés dans ce quotidien éprouvant, plusieurs membres du staff se décrivent eux-mêmes comme des « zombies ».

Quand bien même auraient-ils cherché des renseignements sur Resurrection Mary, ils n'auraient rien trouvé en dehors de la vidéo. Ce groupe confidentiel s'est surtout produit au début des années 1990, à une époque où Internet et les réseaux sociaux n'existaient pas. Ce n'est qu'en 2019 que la formation musicale apparaît vraiment sur la Toile. Il s'agit de quelques articles en ligne, qui reviennent sur l'histoire du groupe à l'occasion de la sortie de titres inédits. On y apprend que le nom de Resurrection Mary fait référence à une célèbre histoire de fantôme dans la région de Chicago. On y trouve aussi le nom complet de chaque musicien. Le bassiste s'appelle Emmanuel Nadam.

Chapitre 22

Le bracelet

Le 2 juin 2016, Florence se présente au Service pénitentiaire d'insertion et de probation (SPIP) du Val-de-Marne pour y remettre un boîtier assorti d'un écran tactile et se faire retirer le bracelet électronique qu'elle porte à la cheville.

En ce jeudi estival, Flo est libre. Elle peut tourner le dos aux condamnations que lui ont values ses nombreuses escroqueries. La dernière en date – l'utilisation d'une fausse carte d'identité pour soustraire des fonds à des agences bancaires – s'ajoutait à la révocation d'un sursis. La peine cumulée avait été aménagée, conduisant à placer la glameuse sous surveillance électronique pendant six mois.

Une fois libre, Florence se convertit aux jupes et aux robes. Les membres de Life for Paris le remarquent aussitôt : ils l'ont toujours vue porter des pantalons larges ou des leggings tombant dans des bottillons. Pour eux, c'est un signe de bon augure. L'été arrive, bien sûr, mais cette nouvelle garde-robe laisse aussi penser que Flo retrouve confiance. Elle montre ses jambes. Un soir, dans un bar du Marais, The Pure Malt, Catherine se penche sur la cheville de Florence. Elle a remarqué un nouveau tatouage. « Oh non, celui-là, ça fait longtemps que je l'ai, sourit la bénévole de Maisons-Alfort. C'est juste que tu l'avais jamais vu… »

Si Florence a purgé sa peine, elle doit encore assumer les conséquences financières de ses escroqueries. Une étude d'huissiers de Beauvais, chargée du recouvrement des préjudices subis par les agences bancaires, la menace de saisir plusieurs milliers d'euros sur son compte. Un compte Nickel. Pour profiter de ce service bancaire, il suffit de se rendre chez un buraliste avec une pièce d'identité, un numéro de téléphone et vingt euros. Avantages : aucune condition de dépôts ni de revenus. Inconvénients : pas de découvert, pas de crédit. Le slogan de la société est clair : « Interdit bancaire ? Vous pouvez ouvrir un compte Nickel ! »

L'accumulation de ces dettes l'empêche d'avoir son propre logement. À quarante-sept ans, la styliste doit vivre chez sa mère. Auprès de ses confidentes – Catherine B. et Stéphanie Z., la trésorière de l'association –, Flo se lamente sur sa situation financière : comment pourrait-elle honorer un loyer alors qu'elle aide Greg à payer le sien depuis le début de sa convalescence ?

« J'ai voulu être forte trop longtemps, leur dit-elle. Et là, je craque. Manu me manque énormément. Los Angeles me manque. Ma santé, ça peut aller, mais j'arrive toujours pas à accepter ces changements physiques, qui me bouffent le crâne. Et à Life for Paris, j'ai du mal à comprendre pourquoi les gens se déchirent au lieu de se soutenir. […] Et puis, ne pas avoir de chez-moi, c'est pesant. »

Elle se plaint aussi du mépris que lui témoigneraient certains adhérents : « J'ai peur qu'on ne me prenne pas au sérieux au conseil d'administration pour le projet de festival de musique. J'ai l'impression d'être mise de côté. La gent masculine a du mal à m'écouter. » En réalité, son projet d'organiser un festival rock au profit de l'association suscite des réticences au-delà du conseil d'administration. Plusieurs adhérents le trouvent déplacé. Comme Lurch, qui s'en plaint auprès d'un membre de l'équipe dirigeante, menaçant même de quitter Life for Paris : « Je ne me vois pas autour d'un festival. […] Je ne partage pas l'approche. Pour être franc, je suis adhérent, mais je pense que je vais demander à partir… » Florence trouve dans cette opposition une raison supplémentaire de maudire Lurch.

D'ailleurs, elle aussi menace de s'éloigner de l'association : « Je pense que je vais me retirer, confie-t-elle à l'une de ses amies bénévoles. Je n'ai pas une place bien définie au sein du conseil d'administration. […] Je peux monter un truc [un festival] de mon côté, mais ça va pas plaire… »

Chapitre 23

Blessures imaginaires

Au cours de l'été 2016, deux audiences passent inaperçues auprès du grand public. Elles ne retiennent l'attention que d'une poignée de victimes du 13 novembre. La première se déroule au tribunal de grande instance de Versailles. La prévenue citée se nomme Laura O. C'est une préparatrice en pharmacie de vingt-quatre ans, qui s'est indûment fait passer pour une survivante du Carillon. La seconde audience, au tribunal de grande instance de Bobigny, fait comparaître Cynthia T., une rappeuse camerounaise de trente et un ans. Elle aussi a menti sur ses agissements le soir du 13 novembre, s'étant présentée aux autorités comme une rescapée du Bataclan.

Aucune de ces audiences n'implique directement des membres de Life for Paris. Elles n'entretiennent pas moins les soupçons latents au sein de l'association. À commencer par ceux qui pèsent sur Cédric R. Ses demandes de faux témoignages, son chantage permanent au suicide, ses cabales contre les adhérents transforment peu à peu les doutes du staff en indices. Quant à Jean-Luc B., l'athlète suicidaire, il suscite lui aussi un scepticisme grandissant dans les rangs de Life for Paris, où il est désormais perçu comme un érotomane notoire. À chacune de ses conquêtes, il livre une version différente de sa soirée au Bataclan, même si un élément demeure inchangé : il y a vu mourir ses deux meilleurs amis. Alexandra D., enfin, survivante du Carillon, surnommée la Castafiore pour son exubérance, joue une partition un peu trop bruyante pour être honnête, murmurent quelques adhérents.

L'attitude de ces victimes est douteuse, mais la plupart des rescapés savent qu'il n'existe pas de comportement normal en la matière. Comment pourrait-il en être autrement dans une communauté où l'on souffre d'hypervigilance, de visions envahissantes, de palpitations cardiaques, d'épisodes dissociatifs, de pensées suicidaires ou encore de troubles de la sexualité et du sommeil ? L'attitude des survivants est tellement imprévisible qu'il est même possible que certains d'entre eux aient travaillé à Life for Paris comme bénévoles en cachant leur statut de victime.

Aucun membre de l'association n'assiste aux audiences de Versailles et de Bobigny. Le procès de Laura O. offre, il est vrai, peu d'intérêt puisqu'il est renvoyé en fin d'année. L'audace et la minutie de la préparatrice en pharmacie, en attendant d'être rendues publiques, ne demeurent connues que des enquêteurs. Le dossier leur paraît hors du commun. Le 31 décembre 2015, cette jeune femme enceinte de plusieurs mois, vêtue de blanc, le bras en écharpe, se présente à la police judiciaire de Versailles. Elle affirme avoir été soufflée par une explosion à la terrasse du Carillon. Sa déclaration s'appuie sur un certificat médical, qui atteste d'une greffe de la peau. Le document est assorti d'une photographie de sa brûlure à la main. Une fois l'audition terminée, la plainte de la préparatrice en pharmacie est transmise directement par le parquet au Fonds de garantie : un « risque d'escarre sur le bras » nécessite une indemnisation d'urgence.

Quelques jours plus tard, la directrice de cet organisme plisse le front en ouvrant le dossier de la jeune femme : parmi les six terrasses attaquées le 13 novembre, seule celle du Café Voltaire a subi une explosion. Au Carillon, les djihadistes n'ont fait usage que de kalachnikovs. Les enquêteurs de Versailles se penchent alors sur les antécédents de Laura O. Ils découvrent qu'elle a déjà été condamnée pour escroquerie, entre autres pour exercice illégal de la pharmacie. Elle falsifiait des ordonnances pour obtenir des anabolisants, que son mari revendait dans des salles de musculation. Les officiers font aussi des recherches sur Internet. Après avoir entré les mots « main brûlée », ils voient apparaître, en troisième position sur Google, la photographie que la jeune femme a jointe à son certificat médical. Si cet élément est « balourd » – « faux » dans le jargon policier –, les officiers devinent que le reste l'est tout autant.

La préparatrice en pharmacie est placée en garde à vue. Elle admet rapidement n'être jamais allée au Carillon. Si Laura O. a inventé cette histoire, c'est parce qu'elle avait besoin d'argent. En plus de la provision prévue par le Fonds de garantie, la jeune femme a obtenu une carte d'invalidité auprès de la Maison départementale des personnes handicapées des Yvelines. Dans l'attente de son procès, le parquet de Versailles décide de ne pas la placer en détention, son accouchement étant imminent. Les services de police ne continuent pas moins à fouiller son passé. Et ils mettent au jour d'autres escroqueries. Usurpations de diplôme, falsifications d'ordonnances, versements indus d'allocations. Autant de découvertes qui entraînent l'ouverture de nouvelles enquêtes. La préparatrice en pharmacie est libre, mais voit d'une semaine à l'autre s'accumuler les convocations au tribunal.

Sentant l'étau se resserrer, Laura O. fabrique un faux papier à en-tête au nom d'un avocat du barreau de Versailles qu'elle présente comme son conseil. L'homme existe, il exerce bien la profession d'avocat, mais n'a jamais entendu parler de Laura O. Sur le document falsifié, elle rédige un courrier à l'attention de la défense des parties adverses, leur annonçant que les audiences sont renvoyées à une date indéterminée. La préparatrice en pharmacie espère ainsi qu'elles ne se présenteront pas au procès. Après avoir décacheté sa lettre, l'avocat du Fonds de garantie se frotte les tempes : la missive est truffée de fautes d'orthographe. Cette contrefaçon, une fois dévoilée, entraîne de nouvelles poursuites contre la faussaire. Quant aux audiences concernées par son courrier, ironie du sort, le tribunal décide effectivement de les reporter, la prévenue devant encore allaiter son enfant.

Les manœuvres de Cynthia T., l'autre victime imaginaire, sont moins sophistiquées. Le soir du 13 novembre, la jeune rappeuse est admise dans une clinique à la suite d'une crise d'hémorroïdes. Découvrant les attentats à la télévision, elle songe aussitôt à se faire passer pour une survivante du Bataclan. Après avoir réuni de faux témoignages et des certificats de complaisance, elle exige une indemnisation auprès du Fonds de garantie. N'ayant pas de ticket de concert à produire, elle affirme que sa place lui a été offerte par un ami décédé au cours de l'attaque. Les nombreuses incohérences du dossier retardent les premiers versements du Fonds de garantie. La rappeuse camerounaise s'impatiente. Elle relance sept fois le FGTI, évoquant des « blessures », des « flash-back » ou encore un « état dépressif ». Toujours sans réponse, Cynthia T. accuse le Fonds de garantie de « discrimination ».

Jugée à Bobigny le 13 juillet 2016, la Camerounaise reconnaît ses mensonges. Elle prévoyait d'utiliser l'argent de cette escroquerie pour payer les soins de sa crise d'hémorroïdes. La jeune femme est condamnée à six mois de prison avec sursis.

Chapitre 24

Béquilles

Audrey, la survivante mère d'une petite fille de cinq ans, subit chaque mois des chirurgies de reconstruction osseuse à la jambe. Elle est suivie à l'hôpital Georges-Pompidou, où Greg a lui-même séjourné. Depuis quelques semaines, par le biais de l'association, elle s'est liée à Kevin, un rescapé du Bataclan qui paraît aussi fragile qu'elle. Il vit chez sa grand-mère handicapée et souffre de visions envahissantes. Ensemble, ils s'enivrent jusqu'au petit matin. Quand ils font la tournée des bars, Audrey laisse sa petite fille sommeiller à leurs côtés, sur une banquette. Ils participent aussi aux « apéros-thérapies » de Life for Paris. Lurch, le cadre de la SNCF, tente alors de prendre la jeune mère sous son aile. Florence n'aime pas voir sa grande silhouette pâle tourner autour d'Audrey.

La styliste fait preuve du même instinct protecteur avec ses confidentes au sein de l'association – en particulier Catherine, sa coéquipière, et Stéphanie Z., la trésorière. Elle leur apporte un soutien indéfectible, utilisant les mêmes termes pour chacune d'elles : « Tu sais, on se connaît sans se connaître vraiment, mais sache que tu peux compter sur moi, si tu as envie de parler, je serai là pour t'écouter. » Ce n'est pas une simple formule. En cas de problème, on peut vraiment compter sur elle. En retour, la glameuse leur confie ses propres tourments : l'absence de logement, sa liaison à distance avec Manu, ses coups de blues, la rééducation de Greg, sa santé déclinante, ou encore la menace des huissiers – sans en préciser la cause.

Lorsque survient l'attentat de Nice, le 14 juillet, Florence et ses amies apprennent qu'Audrey a filé vers la baie des Anges avec sa petite fille. Elle rôde en béquilles sur le front de mer, où des dizaines de promeneurs ont perdu la vie. Au sein de l'association, personne, à commencer par la styliste, n'a anticipé la « fugue » de la jeune survivante.

Florence s'est pourtant montrée réactive face aux événements de Nice. Une heure seulement après l'assaut du poids lourd, elle publie un message sur Facebook : « Les potes à Nice et aux alentours : dites-moi que tout va bien… » La glameuse tague le nom de ses « potes ». L'un d'eux – l'ancien manager des Teasin'Babes et des Sleazy Angels – lui répond quelques minutes plus tard : « En plein dedans, c'est un carnage. » Dans le même fil de commentaires, une groupie de glam metal s'enquiert : « Il se passe quoi à Nice ? J'ai aussi des potes là-bas. » Flo Kitty s'abandonne alors à un accès de désespoir : « Fusillades, camion fou, la merde quoi […] Possible attentat […] J'en peux plus de tout ça… »

Après quelques heures de flottement, elle retrouve ses réflexes de bénévole, postant sur son mur : « Salut à tous, si jamais dans vos proches certains ont été touchés par l'attaque du 14 juillet, sachez que notre association peut apporter son aide. Écoute, solidarité, conseils. L'isolement est le grand danger après le drame. Bon courage à tous. Flo/Life for Paris. » Une semaine plus tard, Audrey est de retour à Paris. Saine et sauve, avec sa fille. Florence se promet de la surveiller de plus près.

Lorsqu'elles se retrouvent aux Furieux, leur quartier général rue de la Roquette, la bénévole l'entoure et la réconforte pour prévenir tout nouveau dérapage. Ce n'est plus tant Lurch qui la tracasse que Kevin, son petit ami à la consommation frénétique d'alcool et de shit. Malgré son instabilité et ses pertes de contrôle, il refuse d'être suivi par un psychologue. Audrey s'expose à une autre menace : elle déclare à la cantonade que son « mec officiel » sort bientôt de prison. Le patron des Furieux lui fait bientôt savoir que sa fille de cinq ans ne doit plus rester dans son bar la nuit. Flo approuve la consigne. À la sortie de l'établissement, elle n'accepte pas moins d'accompagner Audrey et son enfant jusqu'au Bataclan, où la survivante se recueille plusieurs fois par semaine.

Au mois d'août, la styliste recommande à la jeune femme un avocat pour faciliter ses démarches auprès du Fonds de garantie. La rescapée à la jambe plâtrée ne semble guère intéressée. Elle ne prend même pas la peine de le contacter. Florence, elle, sollicite les services de ce même avocat en qualité de victime du 13 novembre. La bénévole s'est présentée à son cabinet comme une survivante du Bataclan, lui transmettant la plainte déposée au SDPJ 94 le 16 février. « Ne mentionnez pas mon activité de bénévole à Life for Paris dans les courriers officiels, a-t-elle simplement exigé. Par discrétion… »

Florence M.
Maisons-Alfort
3 août 2016

Monsieur le député-maire
[de Maisons-Alfort],

Je vous adresse ce mail car je me trouve dans une situation délicate.

Je suis née à Charenton et j'ai toujours vécu à Maisons-Alfort, sauf lors de mes séjours professionnels à l'étranger.

Ma famille paternelle et maternelle est également de Maisons-Alfort depuis les années 30.
Mon arrière-grand-père a été déporté sous l'occupation.

J'ai effectué mes études à Maisons-Alfort au sein des groupes scolaires Jules-Ferry et Eugène-Delacroix.

Dans ma situation actuelle, je suis dépourvue de logement depuis septembre 2014.

Je suis dépannée chez ma mère, mais je dispose d'une demi-chambre, soit environ 5 m^2.

Je suis autoentrepreneuse en tant que styliste-modéliste et je ne peux effectuer mon activité par manque de place.

D'autre part, je fais partie du conseil d'administration de Life for Paris, association de victimes du 13 novembre 2015.

Je travaille en tant que bénévole pour cette association (veille Internet, Facebook et Twitter), gestion des adhésions, organisation d'événements (commémorations en partenariat avec la mairie de Paris et du 11e arrondissement). [...]

Donc toutes ces tâches demandent de la concentration, du calme et un endroit décent où travailler.

Atteinte d'une maladie orpheline (Cushing) due à l'hormone du stress, je suis aussi suivie pour un syndrome de stress post-traumatique, en tant que victime du 13 novembre 2015.

Je me permets donc de solliciter une demande d'appartement.

Mon inscription date de mars 2013. […]

J'ai également un certificat médical de la psy qui me suit.

En espérant que vous prendrez ma demande en considération.

Cordialement,

Madame M.

Chapitre 25

Lurch dévoilé

Au cours de l'été, Lurch propose ses services à l'équipe de Life for Paris : « Si [vous] avez besoin d'aide pour organiser la visite du Bataclan comme la dernière fois, [vous] me direz ? » Le staff le remercie poliment : « Super, merci. » Après le premier retour des rescapés dans la salle de concert – qui avait vu affluer près de cinq cents personnes –, une nouvelle visite est prévue en octobre. Lurch propose régulièrement son aide à l'association. Il est volontaire pour des traductions en anglais, des synthèses de documents et même – en tant que cadre de la SNCF – des renseignements sur les billets de train. Après avoir accepté quelques-uns de ses services, les bénévoles ont préféré s'en passer. Ses variations d'humeur sont incontrôlables : un jour, il assure vouloir s'engager corps et âme dans l'association ; le lendemain, il critique les décisions du staff et menace de résilier son adhésion.

Le samedi 8 octobre, lorsque le Bataclan ouvre à nouveau ses portes aux survivants, Christophe T. est présent, mais ne participe pas à l'organisation. Le cadre de la SNCF est là comme simple membre de Life for Paris. Un « ami de victime décédée le 13 novembre », ainsi que le précise sa fiche d'adhérent. Florence, présente à l'événement elle aussi, accueille les rescapés au café Le Baromètre, boulevard Voltaire, où une collation et une place au chaud leur sont proposées. En ce samedi automnal, l'air de la capitale est glacial. Florence aperçoit bientôt la grande silhouette lugubre de Lurch. Il prend place à une table, seul. Derrière ses lunettes rectangulaires, son regard est un peu brumeux. De l'autre côté du café, la styliste du Val-de-Marne remarque un père et ses deux enfants. Le visage de l'homme lui paraît familier. N'est-ce pas le mari de Cécile, cette femme décédée au Bataclan ? Cette victime que Christophe T. désigne justement comme sa meilleure amie ?

Lurch en a souvent parlé aux membres de l'association. « J'ai aidé au tout début, très discrètement, à la construction du couple de Cécile, précisait-il dans un message au moment de son adhésion. Elle avait un peu peur de ses sentiments profonds. Mais ensuite, elle avait rayonné. Je m'étais effacé. C'était un si beau couple, sans nuage… » Au café Le Baromètre, Florence s'étonne : Christophe est assis loin du mari de Cécile, comme s'il ne le connaissait pas. La bénévole n'a jamais apprécié Lurch. Et son histoire lui a toujours paru étrange. Après avoir servi une boisson chaude à un rescapé, elle se rapproche du veuf.

– Pardonnez-moi de vous déranger, chuchote-t-elle. Vous êtes bien le mari de Cécile ?

L'homme opine.

– Vous connaissez ce type, assis là-bas ? dit-elle en désignant Christophe.

– Jamais vu de ma vie.

Si Florence ne laisse rien paraître de sa découverte à Lurch, elle avise aussitôt les membres du conseil d'administration présents au Baromètre. Assommés par la nouvelle, ils décident d'attendre que l'établissement se vide pour intervenir. Une fois la nuit tombée, comme la foule du café se clairsème, ils s'avancent vers Christophe. Ils lui demandent de quitter les lieux et de ne plus importuner les survivants. Lurch se lève, ramasse ses affaires, et emporte sa grande silhouette dans la nuit du boulevard Voltaire.

Le lendemain, sur les messageries du forum, Florence est encensée. On la remercie pour l'accueil des rescapés au Baromètre, mais aussi pour la vigilance dont elle a fait preuve avec Christophe. « Je suis bien contente de l'avoir foutu au pied du mur ! se félicite-t-elle. C'est l'avantage de faire de la proximité avec les membres, ça permet de démasquer les "bad". » La styliste est émue aux larmes : « Tous ces témoignages de sympathie et de gentillesse m'ont super touchée. Je me suis aperçue que j'avais une belle et grande famille. » Quant à Lurch, il ne fait aucune démarche pour quitter le forum. Il reste muet, mais ne se désinscrit pas. « J'aurais préféré que tu quittes le groupe par toi-même, lui écrit un membre du conseil d'administration. Tu ne l'as pas fait donc c'est moi qui te retire. Je pense que tu as des excuses à présenter à un certain nombre de personnes. C'est vraiment horrible ce que tu as fait. » Le message reste sans réponse.

Le conseil d'administration tente de mesurer les conséquences de l'imposture. Si ses membres en veulent à Christophe, ce n'est pas tant pour ses mensonges que pour le coup porté à la confiance entre les adhérents. « Là où nous avions perdu foi dans le monde dans lequel nous vivions depuis ce fichu 13 novembre, précise une bénévole, Life for Paris s'était imposé comme une bouée de sauvetage, un espace sécurisé et bienveillant. Cette usurpation, c'est comme nous tuer encore un peu plus, et cette fois, l'ennemi vient de l'intérieur. »

Aucune plainte n'est déposée, ni par Life for Paris, ni par le Fonds de garantie. Il est juridiquement délicat de poursuivre Lurch pour ses seuls mensonges. Quant à l'escroquerie – ou la tentative d'escroquerie –, elle n'est pas caractérisée : Christophe T. n'a demandé d'argent à personne.

Chapitre 26

Le trophée de Flo

Après avoir percé à jour les mensonges de Lurch, Florence est au faîte de sa popularité auprès des adhérents de l'association. « Tout le monde l'aime à Life for Paris, reconnaît Jérôme S., un rescapé du Bataclan. Son soutien est d'autant plus apprécié qu'elle n'est pas une victime directe du 13 novembre. On peut s'épancher auprès d'elle sans avoir peur de lui imposer des souvenirs traumatiques. Un *hug* de Flo, c'est simple et réconfortant. » Si certaines de ses idées sont écartées par le conseil d'administration, d'autres sont accueillies avec enthousiasme. Comme sa proposition d'organiser un lâcher de ballons pour la journée de commémorations du 13 novembre, afin de « remplir le ciel de taches de couleur et laisser un peu de tristesse s'envoler vers le ciel ».

Florence est désormais une figure incontournable de Life for Paris. Elle est choisie en octobre 2016 avec deux autres administrateurs pour être entendue à l'Assemblée nationale dans le cadre d'un projet de loi sur l'aide aux victimes. Au cours de cette séance, on la consulte – elle et les représentants d'autres associations – sur les dysfonctionnements révélés par les attentats de Paris et de Nice : insuffisance du suivi psychologique, lacune des informations sur les personnes hospitalisées ou encore manque de clarté dans les procédures d'indemnisation du Fonds de garantie.

La glameuse est tellement appréciée que son ami Greg est relégué au second plan. On sait vaguement qu'il poursuit sa rééducation dans des centres spécialisés. D'abord en Normandie, puis dans les Landes. Aux membres de Life for Paris, Florence préfère parler de Manu, son « chéri ». D'autant que le bassiste établi en Californie est très présent sur le forum. Il ne manque pas une occasion de s'entretenir avec les confidentes de la styliste. « Hello, pas trop crevées ? leur lance-t-il de temps à autre en messages privés. J'essaie de suivre de loin votre boulot de malade ! Les filles, bravo ! »

Manou Willshire s'inquiète souvent des difficultés que rencontre Life for Paris : « Flo m'a dit que c'était galère parce qu'on vous mettait des bâtons dans les roues ? » Bien renseigné, il fait référence aux négociations houleuses entre l'association et la Ville de Paris à l'approche du premier anniversaire des attentats du 13 novembre. Les discussions achoppent sur une question d'horaires – les événements organisés par chacune des parties ne devant pas se superposer –, mais aussi sur la prise en charge des victimes venues de la province et de l'étranger – la mairie de Paris n'acceptant de rembourser que les frais des blessés physiques, malgré ses promesses.

Face à tant de mauvaise volonté, Florence ne cache pas son exaspération : « Je suis en colère et dégoûtée, écrit-elle aux autres bénévoles. Dégoûtée d'avoir bossé comme ça pour en arriver là, pour que la mairie de Paris n'en fasse qu'à sa tête et se foute de la gueule des victimes. Ces gens-là n'ont aucune humanité. Franchement j'ai plus trop envie de continuer… »

Pour obliger l'édile de la capitale à respecter ses promesses, l'association rédige une lettre, rendue publique par communiqué de presse : « L'objet du présent courrier, Madame la Maire, est de vous demander de reconnaître également la souffrance de toutes les victimes sans distinction afin d'offrir, en ce jour important du 13 novembre 2016, le droit à chacune d'entre elles d'être ensemble. » La lettre est reprise dans les médias. La Ville de Paris cède : les frais de déplacement et d'hébergement des blessés psychiques seront bien pris en charge.

Si Life for Paris obtient gain de cause, Florence, elle, ne décolère pas. Auprès du staff, elle envisage ouvertement de jeter l'éponge. Manou Willshire ne tarde pas à s'en mêler. Il demande à un membre du conseil d'administration de la raisonner : « J'espère que tu arriveras à la faire changer d'avis… Si tu y arrives, tu as ma reconnaissance éternelle, car elle est butée ! D'ailleurs, moi aussi je me suis fait embrouiller [par elle]. Pourtant, je suis loin de cette mairie [de Paris] contre qui elle est remontée. Bisous. »

Quelques jours avant les commémorations, la styliste publie un message sur le forum : « Hier, dans un post, [une adhérente] parlait d'une femme au bord du gouffre et fatiguée. Pour ne rien vous cacher, c'était moi… J'étais sur le point de tout laisser tomber. Et puis, j'ai eu un appel, deux appels, des messages. […] Je me suis retrouvée avec des amis de Life for Paris [pour une sortie]. Cette soirée s'est finie au petit matin. J'ai compris que vous tous étiez trop importants pour moi pour que j'arrête ce que je fais [dans l'association]. Love you all <3. » La publication recueille près d'une centaine de like.

Manu confirme qu'elle a renoncé à l'idée de quitter Life for Paris : « Un pote qui l'a régulièrement au téléphone et sur le Net m'a dit qu'elle allait mieux et qu'elle restait à vos côtés. Elle doit être un peu tendue avec cette date [anniversaire] qui approche. Elle adore ce taff, mais elle veut toujours que tout soit au carré et parfait. […] Elle a un pouvoir de réussir ses objectifs qui m'a toujours étonné ! Et de savoir toujours retomber sur ses “pattes”, comme on dit. Vous faites un boulot magnifique. Je vous envoie des good vibes pour dimanche [13 novembre]. Kiss kiss. »

À la veille des commémorations, Florence est définitivement de retour dans la course. Elle accepte de poser pour *Paris Match* avec d'autres membres du conseil d'administration. Cette photo de groupe, prise dans un café, illustre un article intitulé : « Le traumatisme du massacre ». Le chapô annonce : « Ils arrivent à esquisser un sourire et même à retourner dans un bistrot. Mieux que personne, ils savent que d'autres ne peuvent pas encore mettre un pied dehors. » Florence est au centre de la photo, assise, un léger sourire aux lèvres. Pour l'occasion, elle s'est assagie. Plus de tatouages apparents ni de teintures roses, mais un gilet en laine et une sage couleur auburn dans les cheveux. La légende la décrit ainsi : « Florence, qui représente son meilleur ami, toujours hospitalisé. »

Quand arrive le 13 novembre, la bénévole est à l'œuvre sur tous les fronts : lâcher de ballons devant la mairie du 11e arrondissement, conférence sur le thème de la résilience à la salle Olympe-de-Gouges et, surtout, organisation du séjour des Eagles of Death Metal dans la capitale. La formation américaine a accepté de participer à la journée de commémorations. Florence est aux petits soins avec les membres du groupe. Elle leur réserve un hôtel, se démène pour leur trouver un van avec chauffeur, prépare leur accueil aux *private parties* du soir, et s'assure qu'ils disposeront d'un bon « plan weed ».

La journée anniversaire, éprouvante pour les victimes, est un succès sur le plan de l'organisation. Tout s'est déroulé comme prévu. Du discours de la présidente de Life for Paris à l'intervention du psychiatre Boris Cyrulnik, en passant par l'« after » réservée aux Eagles of Death Metal. « Je reçois beaucoup de remerciements pour la soirée, se réjouit Florence auprès d'un membre du conseil d'administration. Les gens se sont retrouvés entre eux, à boire, à manger, à rigoler. Je suis tellement contente de leur avoir permis d'aller mieux… » Sur son mur Facebook, elle publie à son tour un message de remerciements : « *Special thanks* aux Eagles of Death Metal d'avoir accepté notre invitation à se joindre à Life for Paris pour notre commémoration du premier anniversaire des attentats. […] Merci au Dr Feelgood des Halles de nous avoir accueillis pour notre *private party* ! Merci au Dirty Dick pour l'after, […] *You rock guys !* »

En découvrant ce post, un adhérent de l'association s'étonne de ne pas avoir eu connaissance de la fête au Feelgood :

– Ça n'avait pas été annoncé ? Réservé ? Secret ?

– On ne pouvait pas annoncer une soirée privée car elle ne l'aurait plus été…, répond Florence. Cette soirée n'était pas organisée par Life for Paris.

– Évidemment. Mais comme tu la mentionnes dans un post pour la journée Life for Paris…

– C'est un post sur mon mur ! corrige la bénévole avec une morgue inhabituelle. Pas un statut sur la page de l'association. Il y a plusieurs parties dans mon message.

– OK, alors désolé, je pensais vraiment que c'était lié à l'association.

Sur son mur, Florence publie aussi une photo en forme de trophée. On la voit aux côtés de Jesse Hughes, le chanteur des Eagles of Death Metal. Le musicien la tient dans ses bras. La bénévole se blottit contre lui, tout sourire. Il n'en faut pas davantage pour susciter la jalousie de Manu. « J'ai jamais aimé ça ! confie-t-il à une adhérente de l'association. Son taff d'avant…, tous ces musiciens qu'elle a rencontrés…, avec qui elle a bossé… Je sais pas, je suis peut-être trop possessif, mais bon. Je pensais que c'était fini tout ça. Ça me met mal à l'aise. Demain, j'en parlerai à ma psy. »

Le couple traverse visiblement une passe difficile. Manou Willshire laisse même entendre qu'ils pourraient se séparer : « Flo est super douée en relationnel, mais beaucoup moins quand il s'agit de ses sentiments amoureux, explique-t-il à la même adhérente. On va prendre du recul tous les deux, c'est son choix. Elle a besoin de réfléchir. La vie à deux, c'est pas son point fort, elle a peur de l'engagement, peur de perdre sa liberté. Flo, en tant que pote, c'est le top. Mais vivre avec, c'est autre chose… Elle a besoin d'être continuellement surprise, que ça bouge. À neuf mille bornes l'un de l'autre, c'est pas easy… » Manu s'étonne d'être si prolixe avec une inconnue : « C'est bizarre de te dire tout ça, alors que je ne te connais que sur le Web. Mais vous êtes si proches toutes les deux. »

Lorsque les propos de Manou Willshire sont rapportés à Florence, elle réagit avec nonchalance : « Ça lui passera. Je ne rebosse pas [dans le milieu du rock], puisque je suis à Life for Paris. Si seulement il pouvait être moins possessif et jaloux, ce serait bien. […] C'était déjà la cause de notre rupture la première fois… Donc à lui de voir. J'ai toujours adoré ce taff. J'y peux rien. Là, c'est du ponctuel, mon véritable engagement, c'est Life for Paris. […] J'ai vraiment pas de temps à perdre avec ses états d'âme. »

À la fin du mois de novembre, Florence et Manu se donnent une dernière chance. Ils décident de se retrouver à Brighton, au sud de l'Angleterre, pour passer quelques jours ensemble. Lui traversera l'Atlantique, elle, la Manche. Avant son départ, la bénévole du Val-de-Marne confie à ses amies de l'association : « C'est le chaos dans ma tête. »

Tribunal de grande instance de Créteil

12e chambre correctionnelle

Le 13 mars 2018

Conclusion du rapport d'expertise psychologique [de Florence M., réalisé à la maison d'arrêt de Fresnes].

Le rapport à la vérité de notre interlocutrice comprend un certain nombre de récits non vérifiables qui évoquent des affabulations. Sa vraie vie est insuffisante d'un point de vue narcissique. Participer à des groupes, des « milieux », lui permet d'exister. Bien que d'intelligence normale, sa scolarité s'est effondrée au départ du père. Elle minimise les inconduites de celui-ci, et comme cela ne suffit pas, elle explique son absence de façon à le disculper.

Au total, nous avons un sujet narcissique fragile, souffrant d'un manque à être (troubles identitaires) qui a tenté un certain nombre de suppléances identitaires (manager, styliste, victime du Bataclan). Elle a également tenté d'obtenir un certain nombre de réparations sous forme d'argent (censé compenser le préjudice du manque d'affection).

Mme M., si elle n'est pas victime du Bataclan, demande à être réparée et entendue à propos d'une histoire de vie dont elle est authentiquement victime.

Des traits psychopathiques (absence de culpabilité évoquée lors des passages à l'acte, rapport à l'altérité peu présent) nous font concevoir une accessibilité aux soins où le rapport à la loi devra faire partie de l'arsenal thérapeutique.

Je soussigné Christine T. [psychologue et psychanalyste] certifie avoir accompli la mission qui m'était confiée [...] et affirme que le contenu de mon rapport est sincère et véritable.

Chapitre 27

« Beyond scotchée »

Audrey G., la survivante à la jambe plâtrée, sème le trouble dans les rangs de Life for Paris. La jeune femme multiplie les coups d'éclat et les embrouilles. Elle entraîne sa fille de cinq ans dans les « apéros-thérapies » ; fait courir des rumeurs sur certains rescapés, les accusant d'être des usurpateurs ; hante la promenade des Anglais, à Nice, où des dizaines de personnes ont perdu la vie ; critique publiquement les couleurs choisies pour le ravalement de la façade du Bataclan ou encore emprunte de l'argent aux adhérents sans jamais le leur rendre. Quant à Kevin, le survivant qui la suit partout, elle laisse entendre dans son dos qu'il pourrait être une fausse victime, lui aussi.

Ces sorties tempétueuses finissent par éveiller les soupçons des bénévoles. La trésorière de l'association, Stéphanie Z., devenue une amie proche de Florence, se décide à éclaircir cette affaire. Elle-même rescapée du Bataclan, elle supporte difficilement l'incertitude lancinante qui entoure le cas de la mère à la jambe plâtrée. À la mi-novembre, elle se rend à l'hôpital Georges-Pompidou, où Audrey doit subir une opération. Elle l'appelle pour savoir si la jeune femme est sur place. Celle-ci, surprise, explique être en route vers l'hôpital. Elle ne devrait pas tarder. Quelques minutes plus tard, la trésorière remarque une fébrilité inhabituelle dans le hall du bâtiment. Un appel anonyme vient de signaler la présence d'une bombe. L'établissement de la rue Leblanc est évacué dans la précipitation. Les urgences sont orientées vers d'autres hôpitaux parisiens.

Audrey clame son indignation sur les réseaux sociaux : « Mon opération annulé[5] ! Suite à un appel anonyme. Une alerte à la bombe à Georges Pompidou déclancher, une partie de l'hôpital évacuer, l'accès à l'hôpital fermer, des flics partout ! Crise d'angoisse au max. Merci bande de saloperie ! JE VOUS DÉTESTES. »

Troublé par cet incident, le staff de Life for Paris se penche de plus près sur son cas. Une bénévole lui envoie une batterie de questions *via* Messenger. Elle lui demande, entre autres, le nom de l'avocat qui la défend en tant que victime. La jeune femme demeure silencieuse. « Elle doit chercher ses réponses sur Google ou dans les témoignages dont elle s'inspire », commente Florence. Au bout de plusieurs heures, la survivante plâtrée apporte une réponse évasive : « C'est cool ! On va y arriver ! » La styliste ironise : « Jolie façon de répondre à côté. Elle devrait faire de la politique. […] Et dire que je la prenais en pitié. C'est toujours la même

5. Les propos sont retranscrits avec leurs fautes d'orthographe.

chose, ils se foutent de nos gueules, bien comme il faut ! »

Pressée de questions, Audrey espère faire diversion en annonçant une nouvelle hospitalisation, cette fois pour une suspicion de cancer : « Ils m'ont trouver une masse au seins gauche et vu que j'ai eu plusieurs décès du cancer du sein dans ma famille c'est à surveiller de près. » L'équipe de Life for Paris veut savoir si elle est toujours suivie à l'hôpital Pompidou. « Non, pour cette merde-là, je suis à André-Grégoire », précise-t-elle. Florence, familière des hôpitaux, repère vite une contradiction : « Quelle pouffe ! Il n'y a pas de service de cancérologie à André-Grégoire. Par contre, il y en a un à Pompidou. »

Sur le forum, le conseil d'administration annonce que le cas d'Audrey est considéré comme suspect. Les adhérents ne sont pas longs à faire part de leur exaspération. « Depuis un an, certaines personnes s'expriment plus que d'autres sur cette page secrète, remarque une survivante. Ils parlent de leur souffrance, de leurs espoirs, de leurs blessures… Ils sont lus, soutenus, câlinés, rencontrés, etc. Aujourd'hui, c'est pas un lièvre qui a été levé, c'est un putain de [lapin-dinosaure], une meuf qui faisait pleurer dans les chaumières avec ses douze chirurgies de reconstruction osseuse, qui donnait des interviews à la Belle Équipe. […] Je suis *beyond* scotchée. Un an qu'ils nous baladent, qu'ils nous observent, qu'ils s'inspirent de nos histoires pour se les approprier et les servir à qui veut les entendre, à nous, putain, nous, exempts de jugements, bienveillants par défaut. J'ai la gerbe, la colère noire, l'envie de lui ruiner son pied pour de vrai, à cette salope psychopathe illettrée. Je leur en veux à mort d'avoir fait ça, et je m'en tape d'en savoir la raison profonde. Aucune circonstance atténuante. Et je leur en veux de me catapulter dans cet état de radioactivité haineuse qui me ressemble si peu. Bref, aujourd'hui, plus que jamais, j'ai une pensée et une tendresse particulières pour les [membres du staff], Maureen, [...] Flo, Stéphanie, et autres fabuleux anges qui, ce soir, doivent être bien plus blessés et sciés que moi. Abusés mais, je l'espère, pas désabusés. Quelle honte... » Flo Kitty ajoute au post une mention « j'adore ».

Audrey disparaît. Son abonnement téléphonique est résilié, ses comptes – WhatsApp, Periscope, Snapchat – supprimés. Kevin, qui ne parvient pas à la joindre, ne sait plus à quel saint se vouer. D'autant que le jeune homme s'est éloigné de l'association depuis le début de l'automne. Isolé, il reprend contact avec les bénévoles de Life for Paris. Ils lui apprennent qu'Audrey a laissé entendre à tout le monde qu'il était une fausse victime. Le survivant n'y comprend plus rien. Audrey lui disait au contraire que c'était eux, les bénévoles, qui avaient incité la police à ouvrir une enquête sur lui. À cause de son casier judiciaire, où figurent des « erreurs de gosse », il a préféré prendre ses distances avec l'association.

Kevin en convient, il s'est fait « empapaouter comme un con » par cette femme « sans cœur » qui lui donne « envie de vomir ». « Plus je regarde l'être humain, plus j'aime mon chien », affirme-t-il sur le forum. Audrey lui a emprunté de l'argent, puis s'est dit incapable de le rembourser dans l'immédiat, car Jean-Luc B., l'athlète aux mains baladeuses, lui avait volé sa carte de crédit au concert de Pete Doherty. Kevin lui a rendu bien d'autres services. Il s'est fait porter pâle au travail pour garder sa fille pendant qu'elle était hospitalisée. Il avait confiance en elle, même si l'absence de cicatrices sur ses jambes lui paraissait étrange. « Je me disais juste que les chirurgiens avaient bien bossé », confie-t-il aux adhérents.

« Ah la salope c'est un monstre cette nana, s'indigne Florence auprès de ses amies bénévoles. C'est une manipulatrice méchante. [...] Je repense à tout ce qu'elle m'a dit et franchement, j'ai envie de gerber. [...] On est tous tombés dans le panneau. » L'indignation est d'autant plus vive que les membres du conseil d'administration apprennent au même moment la confirmation d'un autre cas suspect. Un policier de la brigade criminelle leur annonce l'ouverture probable d'une enquête sur Cédric R., l'ancien ambulancier. Les bénévoles profitent de cet échange pour mentionner le cas d'Audrey G. « On m'a parlé d'une certaine Audrey G., [...] mais je n'ai rien à ce sujet », répond l'enquêteur. Comme la jeune femme n'a pas réclamé d'indemnisation auprès du Fonds de garantie, il s'avère délicat, sinon impossible, d'engager des poursuites contre elle.

Quelques jours plus tard, les membres de l'association envisagent de signaler au même enquêteur la situation de la fille d'Audrey, âgée de cinq ans. Ce genre d'affaires n'étant pas du ressort de la brigade criminelle, le staff décide finalement d'appeler la protection à l'enfance. C'est Florence qui prend le dossier en main.

Tribunal de grande instance de Créteil

12e chambre correctionnelle

Le 13 mars 2018

Rapport d'expertise psychologique [de Florence M., entretien réalisé à la maison d'arrêt de Fresnes].

La grand-mère [du côté paternel] est originaire de Normandie, elle a travaillé comme coupeuse dans le Sentier. [Son mari] est originaire de la côte atlantique et a travaillé dans l'imprimerie.
Les grands-parents maternels, originaires d'Eure-et-Loir, partiront habiter à Maisons-Alfort. La grand-mère fut la plupart du temps femme au foyer. Le grand-père travaillait dans l'industrie automobile, chez Renault, à Boulogne-Billancourt.
En ce qui concerne les parents de Mme M., le père fut agent de maîtrise dans l'industrie automobile,

chez Renault, sur le site de Choisy. La mère était sténodactylo et fut secrétaire attachée de production au sein du monde du spectacle.

[Ils] divorcent alors qu'elle a quinze ans. Interrogée à propos du motif de cette séparation, Mme M. nous répondra : « Rien de bien méchant. » Poussée à préciser, elle évoquera un père joueur, rencontrant d'autres femmes, tapant sa mère lorsqu'elle s'autorisait quelques protestations, buvant peu (car très vite ivre). L'épouse lui a mis le marché suivant en main : soit il se calmait, soit il ne rentrait plus [au domicile conjugal].

Mme M. est née alors que sa mère avait seize ans et son père dix-huit ans. Sa résidence fut fixée chez les grands-parents. Elle rentrait le week-end chez ses parents. [...] Elle nous précise qu'elle est née prématurée, à six mois de grossesse et qu'elle fut mise en couveuse. Interrogée à propos des séquelles éventuelles liées à ses conditions de naissance, elle évoquera une énurésie [trouble du contrôle de la vessie] jusqu'à l'âge de quatre ans, en particulier lors des week-ends chez les parents.

Notre interlocutrice évoquera également des vacances dans le Sud, à Collioure. C'était un lieu de détente, il y avait plus d'activités, ils allaient à la plage. Il s'agissait d'une location occupée le premier mois par les grands-parents, le second par les parents. Elle évoque ce lieu avec nostalgie. C'était quasiment piétonnier, tout le monde se connaissait.

[...]

Alors que nous l'interrogeons à propos du déroulement de sa scolarité, elle nous répond que cela allait

« super bien ». Elle nous explique qu'elle aimait l'école et qu'elle a même « sauté » le CM2. [...] Elle aimait lire et apprendre. Aujourd'hui encore, elle aime apprendre. Nous lui demandons si elle s'est portée candidate à une formation [depuis le début] de son incarcération. Elle nous répond qu'il lui a été proposé coiffure et que cela ne l'intéresse pas. [...]
Pendant la période du lycée, elle était absentéiste. Son lycée ne lui plaisait pas. [...] Elle a effectué une première puis une terminale par le biais du Cned, en section A3, option arts plastiques. [...]
C'est la période de séparation de ses parents. Son père n'était plus là. Elle précisera : « Je ne l'ai jamais revu. » Elle nous donne une explication de l'absence du père : il y aurait eu échange d'argent afin qu'elle ne le voie plus. Il aurait signé un papier stipulant qu'il renonçait à son droit de visite contre de l'argent.

Chapitre 28

Retour à Londres

Florence est à sec, couverte de dettes et sans travail rémunéré. L'étude d'huissiers de Beauvais lui réclame toujours plusieurs milliers d'euros. Une saisie sur son compte Nickel a même eu lieu au cours de l'été. Elle en avise ses confidentes de l'association, sans leur préciser l'origine des dettes. Elle ne leur révèle pas non plus que son avocat multiplie les relances auprès du Fonds de garantie pour obtenir une nouvelle provision. Après un premier versement de dix mille euros au printemps, elle reçoit encore cinq mille euros au mois de décembre – l'essentiel étant toutefois retenu pour indemniser les victimes de ses escroqueries.

Florence emprunte de l'argent aux bénévoles, en particulier à la présidente de l'association. Quelques centaines d'euros à chaque fois. Au début pour aider Greg à payer son loyer, ensuite pour elle seule, son « meilleur ami » ayant rendu son logement en décembre pour rejoindre Manu à Los Angeles – sans qu'aucun adhérent n'ait pu le rencontrer. « J'ai pas de voiture, pas d'appartement, pas de salaire : qu'est-ce qu'un huissier pourrait me saisir ? », se lamente-t-elle. L'obtention d'un logement à son nom, loin de sa mère, tourne à l'obsession. Elle ne supporte plus d'être coincée dans une chambre d'enfant à Maisons-Alfort. Dans ses échanges Messenger avec les bénévoles, Blackwidow Grib, désormais installé en Californie, se fait l'écho de ce malaise : Flo traverse une mauvaise passe financière et se querelle sans cesse avec sa mère. L'équipe de Life for Paris promet à la styliste de tout faire pour lui attribuer un poste rémunéré dans l'association.

En attendant, elle ne se prive pas de voyager. Surtout depuis que son aventure avec Manu a trouvé un second souffle. Les quelques jours passés à Brighton, l'automne dernier, ont « remis les choses en ordre », ainsi qu'elle l'indique à Catherine. Au début du mois de janvier, son « chéri » lui fait une nouvelle surprise : il l'attend à Londres pour le week-end. Oubliant ses soucis pécuniaires, la glameuse grimpe dans un Eurostar pour le rejoindre. « Ce mec est encore plus dingue que moi ! [...], confie-t-elle à ses amies de l'association. C'est fun ! En plus, il neige à Londres, ça va être trop chouette. » Quant à Greg, installé en Californie depuis un mois, il attendra le retour de Manu en allant à la pêche.

Depuis la capitale anglaise, Florence envoie à ses confidentes le lien Facebook de l'hôtel que son fiancé a réservé. Un établissement de charme à Soho, dans le centre-ville. Le design s'inspire de l'univers rock. « Mon mec a le chic pour dégoter des hôtels top ! se félicite-t-elle. On va se balader un peu quand même ! [...] Ce soir, on va voir d'anciens potes, ça va être cool ! » Ses amies réclament des photos d'elle et de Manu dans la capitale enneigée. Flo promet de leur en envoyer dès qu'elle aura un instant de répit.

« On revoit pas mal d'anciens potes, qui sont tous un peu comme nous, c'est-à-dire des fêlés, résume-t-elle un peu plus tard. Mon foie va-t-il tenir ? Ce matin, on est rentrés à 5 heures. Réveil vers 11 heures, balade dans Londres, on essaie de passer dans tous les coins qui ont une signification particulière pour nous et pour Greg, qui veut des photos. J'avais oublié combien les gens boivent et se mettent à l'envers, ici ! » Elle finit par envoyer un cliché à ses confidentes – publié au même moment sur le compte Facebook de Manou Willshire. L'image est prise de nuit. On y voit Flo accoudée à la balustrade d'une terrasse dominant Londres. Son « chéri » Manu, lui, n'apparaît nulle part.

Tribunal de grande instance de Créteil

12e chambre correctionnelle

Le 13 mars 2018

Suite du rapport d'expertise psychologique [de Florence M., entretien réalisé à la maison d'arrêt de Fresnes].

Lorsqu'elle avait vingt ans, elle déclarait : « Je ne me marierai jamais. Je n'aurai jamais d'enfants. » Elle fera ce commentaire : « Le schéma traditionnel, ça ne m'intéressait pas. » Ce qui la branchait, c'était la musique, voyager…
À l'époque, sa mère avait refait sa vie avec un homme qui avait fait de la prison à Cayenne [Guyane]. La présence de ce beau-père à la maison a présidé à la décision de Mme M. d'aller vivre ailleurs. Lorsqu'elle revient, il la frappe parce qu'elle

est habillée comme une « pute » (dixit le beau-père). Elle décrit sa tenue alors qu'elle était en sa présence : mini-jupe, bas résille… Elle décrit la scène : « T'as vraiment l'air que d'une pute. » Elle lui balance son café dans la « tronche ». Il la frappe. La seconde fois qu'il la frappe, elle porte plainte et dénonce ses exactions (des activités hors la loi). Elle explique que le beau-père en question trompait sa mère avec une voisine des grands-parents. Cette femme avait une fille. Lorsqu'il avait bu, il pouvait dire à propos de cette enfant : « C'est ma fille. » Mme M. répondra : « Ta fille, c'est celle que maman attend (la mère de Mme M. était enceinte). » Le beau-père répondra par des coups de poing et des coups de pied.

Elle est partie pour Londres, les concerts, le travail avec les groupes, elle y a construit son CV. […] Alors que nous sommes dubitatifs quand il s'agit d'imaginer Mme M. travailler avec le groupe Indochine quand elle était mineure, notre interlocutrice nous explique que sa mère connaissait bien ce milieu. […]

Mme M. organise [ensuite] des concerts à Paris : elle faisait jouer de petits groupes. Nous lui demandons de préciser ce qui l'attire dans le milieu musical du rock metal. Elle nous répond : « J'aime ce milieu parce que ça bouge, c'est "speed". J'aime les gens de ce milieu-là. » Elle a d'ailleurs tenté d'avoir des petits amis en dehors de ce milieu et cela n'a pas fonctionné.

Chapitre 29

Cocaine in my brain

Si Florence n'a plus d'argent, son « chéri » en a visiblement pour deux. Après le week-end à Londres, il songe à lui offrir un voyage pour la Saint-Valentin. Avant d'en arrêter la destination, il sonde ses amies de l'association : « J'avais pensé à New York, car elle a adoré les photos du bar Tim Burton [établissement rendant hommage à l'univers du réalisateur]. Il y a aussi Cuba, mais j'aimerais mieux pour un peu plus longtemps, pour de vraies vacances… » L'une des bénévoles lui révèle que Flo a eu vent de sa surprise. « Ah fuck ! enrage Manou Willshire. Gribouille [Greg] a dû faire une gaffe, ou Raff. C'est les deux seuls à qui j'en ai parlé… »

La styliste s'envole finalement pour New York au milieu du mois de février. À Arthur D. – un survivant du Bataclan qui prend de ses nouvelles –, elle confie que son voyage est « cool », bien qu'il fasse très froid. Elle profite de l'échange pour s'étonner que son domaine d'activité à Life for Paris – l'événementiel – soit désormais coiffé par un autre bénévole. « C'est lui qui va récupérer la gestion du concert pour les deux ans [du 13 novembre] », regrette-t-elle, critiquant à demi-mot les décisions prises par le staff de l'association. Arthur D. s'efforce de la rassurer : « Pas d'inquiétude, on s'adaptera au fil de l'eau. » Florence appréhende son retour à Paris : « Tout ça me tracasse, l'association qui prend l'eau, etc. [...] C'est l'ambiance générale qui est pas top, et le peu d'implication des gens. »

De retour en France, la bénévole rappelle quotidiennement à ses amies qu'un emploi rémunéré lui a été promis. L'engagement tient toujours, lui assure le staff. Ce n'est qu'une question de temps. Life for Paris doit trouver de nouvelles subventions. Quoi qu'il arrive, elle aura son poste avant la fin de l'année. Manou Willshire plaide sa cause en douceur : « Flo est à fleur de peau, elle dort peu, ses migraines la fatiguent et son estomac recommence à lui faire des siennes. » Alors que la perspective d'un emploi se précise, il est expliqué à la styliste qu'une même personne ne peut être à la fois rémunérée par l'association et membre du conseil d'administration. Cette obligation légale contrarie Flo. Elle accuse l'équipe dirigeante de vouloir la « virer du conseil d'administration pour l'exploiter comme une esclave ». Ses amies, déroutées, se tournent vers Manu : ces délires paranoïaques sont-ils imputables au syndrome de Cushing ?

« Elle est pas parano, tempère Manou Willshire. [...] La parano, c'est une maladie mentale, et Flo n'est quand même pas une tarée, loin de là. [...] Elle m'a parlé de l'association [quand on était] à New York et du fait qu'elle ne savait pas si son taff plaisait ou pas. Je sais qu'elle a passé beaucoup de temps à travailler quand nous étions ensemble. […] Elle aime tellement faire un taff parfait, qu'elle a toujours peur de vous décevoir. […] Pour le moment ça lui convient, elle a déjà tellement donné dans sa life, pour rien en retour. […] Et si je peux [vous] confier un truc, je pense qu'il y a quelque chose qui l'ennuie. […] Bon, moi, je [vous] laisse, il faut que j'emmène Greg à la rééducation. [Vous] en faites pas pour Flo, Greg a réussi à la faire aller mieux (c'est le seul qui a la technique !). »

La création d'un poste rémunéré est avalisée par le conseil d'administration au début du mois de mars. L'humeur de la styliste, curieusement, ne s'en trouve pas allégée. Ses amies demandent à nouveau conseil à Manu. « Elle est fatiguée, explique-t-il. Et elle a du mal à trouver sa place en ce moment dans l'association. Elle est aussi contrariée par rapport au concert qu'elle voulait faire aboutir pour les deux ans [du 13 novembre] et qui ne se fera pas. Son physique la fait aussi bader. Voilà ce que j'ai pu avoir comme infos. Donc [ne vous] inquiétez pas. La psychiatrie, c'est pas pour cette fois-ci. » Manou Willshire souffle le chaud et le froid quant aux intentions de sa fiancée. Le même jour, il transfère aux bénévoles un message alarmiste que lui a envoyé Flo : « Je veux me barrer de l'association : tout devient perso quand tu prends des décisions. Je ne supporte pas ça. Trop de pression, trop de responsabilités, trop de caprices ou de projections perso sur mes décisions. C'est pas mon taff. Donc, je vais vite me barrer de là. »

D'un jour à l'autre, les messages de Manu se font plus intrusifs : « Vous savez pourquoi Flo ne va pas bien ? […] Je l'ai jamais vue comme ça. [Ne le prenez] pas mal, mais elle [voulait] juste prouver que, oui, elle était capable de faire quelque chose de bien pour votre association. Je viens de lui envoyer un message pour lui dire de [vous] laisser tranquilles un petit moment. Et de ne plus [vous] envahir. » L'équipe de Life for Paris lui explique qu'il est inutile de dramatiser la situation. Manu se défend avec autant de susceptibilité que sa fiancée : « Ne vous énervez pas. Je n'y suis pour rien. [Vous] voulez qu'elle arrête d'être dans l'association ? [Vous] aurez déjà la paix de ce côté-là… Dommage, elle [vous] appréciait. » Le staff botte en touche pour ne pas envenimer les choses.

D'autant que Manou Willshire semble lui aussi désireux de tourner la page. La semaine suivante, il annonce que son projet caritatif au profit de Life for Paris est bien accueilli aux États-Unis : « À ce jour cent soixante-quinze pièces vendues. Ça marche pas trop mal, je suis assez content. » Les bénévoles le félicitent. Et en profitent pour lui parler à nouveau de Flo, dont l'humeur se détériore. Ne devrait-elle pas consulter un psychiatre ? « Elle est suivie par une psy déjà, indique Manu. Mais je vais [vous] avouer un truc. C'est pas un problème psy durable. Elle voulait [vous] en parler, mais ne savait pas comment faire. En fait, quand nous étions à New York, on a tapé de la coke et du speed. Je [vous] rassure, c'est occasionnel chez Flo. Donc ça, plus le jetlag, plus la fatigue, la descente a pas été top… Sa psy lui a dit que ça venait surtout de là. Je ne pensais pas qu'elle aurait pu avoir une mauvaise descente. Je m'en veux un peu. Bises. »

Quelques jours plus tard, s'inquiétant de l'effet de ces révélations, Florence se justifie auprès du staff : « Je pense que Manu [vous] a expliqué un truc. À Paris, je ne prends rien, si ça peut vous rassurer. Je ne suis pas dépendante, c'est juste quand je vois Manu, à titre festif. […] Donc aucun souci à avoir. » Les bénévoles répondent prudemment que ce versant de sa vie ne les regarde pas.

Tribunal de grande instance de Créteil

12e chambre correctionnelle

Le 13 mars 2018

Suite du rapport d'expertise psychologique [de Florence M., entretien réalisé à la maison d'arrêt de Fresnes].

[Notre interlocutrice] parle de son implication au sein de Life for Paris. […] Elle est en convalescence de son opération des glandes surrénales, elle propose son aide. Elle avait la possibilité de travailler à domicile afin de [recueillir] les témoignages. Il s'agissait de regrouper les personnes par zone, afin qu'elles puissent se retrouver et dialoguer. Facebook était un outil important de son travail.
Elle avait envie d'aider. Elle essayait d'aller mieux, de s'occuper l'esprit. Elle ne pouvait pas aller aux

concerts. Elle avait honte d'elle-même (elle avait pris trente kilos, la maladie [de Cushing] l'avait fait grossir). Elle se sentait grosse. Elle se trouvait hideuse (elle avait entendu des insultes : « grosse vache », « la grosse »).

Mme M. estime avoir beaucoup travaillé pour l'association. Elle dit avoir « réglé sa vie là-dessus ». [...] Elle avait beau travailler, elle n'en faisait jamais assez. Son activité principale consistait à mettre à jour les fichiers et les listings. [...] Elle jouait également le rôle d'assistante et organisait des événements.

La première année, elle a organisé la commémoration de l'attentat [...] sous forme d'un lâcher de ballons. [...] Notre interlocutrice nous décrit le moment du passage à l'acte [déposer plainte en tant que victime] : « À un moment, je savais plus où j'étais, j'étais baignée là-dedans. Je surfais sur Internet. J'étais au téléphone. Je faisais des revues de presse... »

En février [2016], elle en avait terminé avec les examens en rapport avec sa maladie. Son petit ami était à Los Angeles. Elle n'avait pas d'appartement. Elle vivait chez sa mère (avec qui ça se passait plus ou moins bien). Elle poursuit : « À un moment, j'ai vraiment cru que j'étais une victime. Ils organisaient des apéros. J'ai commencé à avoir les mêmes symptômes, à avoir peur des gens. À pas pouvoir aller dans certains quartiers ; j'ai cru que j'étais une victime. »

Sa mère lui disait : « Faut faire autre chose, tu ne vois plus tes amis. » Elle poursuit : « Ça me faisait

du mal de voir cette souffrance. Quand je voyais que les gens allaient mieux, ça me faisait du bien. Je pensais que c'était dû à mon travail. »
Elle décrit une vie totalement envahie par tout ce qui touchait à l'association. Elle parle de ses cauchemars, où il y avait des morts, des violences, des agressions. Il s'agissait de gens qu'elle aimait (parents, grand-mère). [...] Puis l'association a pris une dimension politique. Des disputes ont commencé à surgir. Elle a eu envie de se « remettre dans le rock », dans « son milieu ».

Chapitre 30

Nylon

À la mi-mars, Florence décroche enfin son CDD au sein de l'association. Elle appose sa signature au bas d'un document stipulant que « Life for Paris engage Madame M. [...] en qualité de responsable administratif et événementiel ». « Le présent contrat, est-il précisé, est conclu pour une durée déterminée de neuf mois et demi. [...] Il prendra fin le 31 décembre 2017. [...] Madame M. effectuera son travail à raison de 25 heures par semaine [et] percevra une rémunération mensuelle nette de 1 100 euros. » Son activité est placée sous la responsabilité d'Arthur D., rescapé du Bataclan et membre du conseil d'administration. Ce jeune polytechnicien passé par la finance a l'habitude de gérer des équipes. Il comprend rapidement que cet emploi représente une opportunité inédite pour la styliste. Elle se montre d'autant plus disciplinée et volontaire avec lui.

Flo semble en effet soucieuse de justifier son salaire. Elle s'investit sans compter dans l'organisation des événements : les commémorations, bien sûr, mais aussi les « fêtes de voisins » – parfois assorties de projets artistiques –, ou la mise en place de concerts, les « LFP (Life for Paris) Sessions », dans un établissement métalleux des Halles, le Dr Feelgood. Ces shows comptent beaucoup pour Florence. Elle les prépare avec Stéphanie Z., la trésorière de l'association. Au comptoir du Feelgood, Flo retrouve d'anciennes figures de la scène glam parisienne. La plupart de ces quinquagénaires en cuir connaissent Greg et Manu, fût-ce de loin ou par amis interposés. Devant eux, elle prend pourtant soin de ne pas faire allusion à son « chéri » et son « meilleur ami ».

À l'époque du Gibus et du Grillon, lorsque Florana se présentait comme « manageuse de groupes », les glameux lui opposaient un sourire sceptique. Trente ans plus tard, elle revient dans ce milieu à la tête d'une communauté forte de plusieurs centaines de personnes. Tous des survivants passionnés de rock. Elle n'est plus Florana, mais Flo, figure incontournable de Life for Paris, couverte de suffrages et de *hugs* par les rescapés. La première LFP Session met à l'affiche Hover Dust, duo francilien de rock, et Hit The Ground, un groupe formé par des survivants du Bataclan.

Manou Willshire ne ménage pas sa peine, lui non plus, pour se faire bien voir du conseil d'administration. L'ancien bassiste continue de développer sa « collection caritative » et s'arrange pour en assurer la promotion dans la presse outre-Atlantique. Il a trouvé une journaliste prête à l'interviewer pour le magazine américain *Nylon*. Avant publication, il soumet prudemment l'article – en anglais et sous format Word – au staff de l'association :

« Cette semaine, nous rencontrons Emmanuel N. [son nom est réduit à une lettre majuscule], Français vivant aux États-Unis depuis longtemps. Emmanuel est le créateur et le fondateur de la marque "All Access", spécialisée dans les vêtements "authentic american vintage". Des styles inspirés de la mode masculine des années 50. "All Access" est née en 2008 près de l'avenue Melrose, quartier où réside son fondateur. Emmanuel vient de lancer une initiative caritative en faveur des victimes des attentats parisiens du 13 novembre 2015.
N : Vous êtes français et vivez aux États-Unis : qu'est-ce qui vous a incité à lancer ce projet ?
E : Même si je vis ici depuis plus de vingt-cinq ans sans être jamais retourné en France, j'ai gardé des liens là-bas, ma famille, mes amis et surtout ma copine, qui vit pour le moment à Paris. Un de nos meilleurs amis a été grièvement blessé dans la salle de concert du Bataclan. J'ai été particulièrement touché par l'horreur de ce qui s'est passé à Paris. Flo, ma copine, est très vite devenue une bénévole de Life for Paris.

N : Pouvez-vous m'en dire plus sur Life for Paris ?
E : Life for Paris est une association de victimes née en décembre 2015. Elle a été créée par des rescapés deux semaines après les attentats. Une jeune femme a lancé un message sur Facebook, comme une bouteille à la mer, pour retrouver d'autres victimes. Son

post a été lu plus d'un million de fois. Le but de Life For Paris est d'abord de favoriser les échanges entre les victimes elles-mêmes, mais aussi de resserrer les liens avec les familles et les soignants mobilisés le 13 novembre. Rien n'est plus efficace que l'entraide pour reconstruire une vie, surtout si vous êtes personnellement touché.

N : Vous suivez leur travail ?
E : Bien sûr. Life for Paris a aidé mon ami Greg, gravement blessé. Maintenant, il est en convalescence, ici, chez moi. Je m'intéresse aussi de près à l'engagement de ma copine dans l'association. J'échange régulièrement avec le staff de Life for Paris, qui s'est lié d'amitié avec Flo. C'est une association dynamique, ils se battent quotidiennement pour soutenir les survivants, pour faire avancer les choses en faveur des victimes.

N : Comment vous est venue l'idée de cette action caritative ?
E : Je voulais les aider, apporter ma contribution. J'ai donc imaginé quatre pièces, deux pour adultes, deux pour enfants. Le fruit de ces ventes est entièrement reversé à Life for Paris.

N : La campagne de publicité est sobre et les ventes ne sont pas moins au rendez-vous. Comment expliquez-vous cela ?
E : Je ne voulais pas de publicité voyante. Avec mon bureau d'études, nous avons réfléchi à un moyen simple et efficace de faire passer le message.

N : Comment ?
E : Il y a juste une indication sur l'étiquette : « En achetant ce vêtement, vous faites un don pour l'association Life for Paris au profit des victimes des attentats de Paris. Merci pour eux. All Access ».

N : Vous ne prévoyez pas de communiquer davantage ?
E : Nous avons notre propre réseau. J'ai beaucoup d'amis dans le milieu rock de Los Angeles (j'étais bassiste et guitariste, avant). Et ça marche. Les ventes sont bonnes. Nous sommes plus que satisfaits du résultat. Je viens de signer un contrat avec le Royaume-Uni pour la même opération en septembre prochain.

N : Pas en France ou ailleurs en Europe ?
E : Nous y pensons, peut-être *via* des ventes en ligne.

N : Comment va votre ami blessé ?
E : Il se remet lentement, après un an passé à l'hôpital. Il se déplace toujours en béquilles. Mais depuis son arrivée en Californie, il est de meilleure humeur. Il veut d'ailleurs rester vivre ici.

N : Je lui souhaite un bon rétablissement.
Sarah Reynolds. »

L'équipe de Life for Paris valide l'article et remercie Manu pour son engagement. Dans les jours qui suivent, aucun membre du staff ne reçoit le PDF de la publication. Ils ne trouvent pas le temps de s'en inquiéter tant les dossiers à gérer sont nombreux. Quant à l'argent de l'« action caritative », il tarde à rejoindre les caisses de l'association.

Chapitre 31

L'imposture permanente

« C'est un monstre... », s'indigne Florence lorsque les bénévoles lui apprennent qu'Audrey a refait surface sur Facebook. La fausse rescapée en béquilles a simplement changé son nom de famille. L'équipe de Life for Paris découvre qu'elle affiche des photos de victimes du 13 novembre, comme si elle faisait encore partie de l'association. Faut-il lui intimer l'ordre de retirer ces images ? Ou se tenir éloigné de cette jeune femme toxique et perturbée ? Les membres de Life for Paris prennent le parti de ne pas intervenir. Ils n'ont d'ailleurs aucun recours juridique pour le faire, Audrey n'ayant pas obtenu – ni même tenté d'obtenir – de l'argent en tant que victime du Bataclan.

Le staff juge d'autant plus opportun de se tenir à l'écart de la jeune femme qu'il la soupçonne de ne pas avoir coupé les ponts avec Cédric R., l'ancien ambulancier, contre lequel une procédure judiciaire est en cours. Après avoir claqué la porte de l'association, il n'a plus donné signe de vie, sinon en proférant des menaces à peine voilées. La dernière d'entre elles, datant du printemps 2016, prévenait les bénévoles en ces termes : « Je peux aller très loin. » Cédric venait d'apprendre que son dossier au Fonds de garantie était bloqué, mais aussi que la seule personne prête à témoigner de sa présence devant le Bataclan avait décidé de se rétracter. Il soupçonnait par ailleurs le conseil d'administration d'avoir appelé son ancien employeur pour se renseigner sur les circonstances de son licenciement – l'ambulancier aurait tapé des pointes à 180 km/h en plein centre-ville. « Je ne plaisante pas avec mon dossier [au Fonds de garantie], menaçait-il. […] Je saurai si quelque chose est en cours à mon encontre. […] J'en aurai le cœur net. »

Chapitre 32

Non consolidée

Employée d'une association d'aide aux victimes, Florence connaît mieux que personne les droits dont bénéficient les survivants. La France est particulièrement avancée dans l'accompagnement des personnes frappées par le terrorisme, même si beaucoup reste à accomplir, surtout pour les blessés psychiques, qui représentent l'essentiel des adhérents de Life for Paris. De l'indemnisation financière à l'accès au logement en passant par la prise en charge médicale, l'État déploie un large spectre d'aides aux victimes. En ce printemps 2017, peu après son embauche, la styliste a l'intention d'en profiter à plein.

Elle compte d'abord sur le Fonds de garantie, qui lui a déjà versé quinze mille euros. Au début du mois de mars, une psychiatre mandatée par l'organisme évalue son état de santé. L'examen conclut à un dossier « non consolidé », selon l'expression consacrée : Mme M. souffre encore d'importants troubles de stress post-traumatique, irritabilité, cauchemars, sentiments de culpabilité, pensées envahissantes… En vertu de ce diagnostic, Florence perçoit une nouvelle provision de dix mille euros.

Son avocat, avisé du versement, lui envoie un mail pour réclamer poliment ses honoraires. En six mois, il ne lui a demandé que deux cent quarante euros TTC, soucieux de ménager les intérêts d'une cliente fragilisée par les attentats. Florence ne répond pas à son message, ni aux suivants. En revanche, elle écrit au Fonds de garantie pour signaler que cet avocat ne la représente plus, précisant qu'il exige « de l'argent pour chaque mail envoyé ».

Florence se tourne également vers la Caisse d'assurance maladie. En tant que victime d'actes terroristes, elle a droit au remboursement complet de ses soins médicaux, qui sont légion. Elle reçoit ainsi plus de treize mille euros, somme correspondant à la part des actes non prise en charge par la Sécurité sociale. Une fois l'argent empoché, elle s'engage sur un autre front : trouver un logement loin de sa mère. Après avoir sollicité la mairie de Maisons-Alfort en insistant sur sa condition de survivante, elle fait valoir le même statut auprès de la Ville de Paris, qui facilite l'accès des victimes aux logements sociaux.

Florence sait que bien d'autres avantages restent à pourvoir, fût-ce de manière informelle. En témoigne le temps qu'elle réussit à gagner auprès de ses créanciers. La styliste adresse ainsi un courrier à l'administration fiscale pour solliciter un délai. Elle précise avoir « du mal à remonter la pente depuis les attentats ». L'étude d'huissiers de Beauvais accepte elle aussi de tenir compte de sa « situation particulière » – c'est-à-dire son statut de victime – pour lever une saisie et étaler sa dette sur plusieurs mois.

Depuis la signature du CDD, l'équipe de Life for Paris a noté un changement d'humeur chez Florence. L'employée ne ressemble plus vraiment à la bénévole. Elle est moins conciliante, en particulier avec la présidente de l'association, cible privilégiée de ses accès de paranoïa. Le staff de l'association, rompu aux comportements lunatiques, hausse les épaules, se contentant de relever que « Flo est chiante et *touchy* en ce moment ».

Chapitre 33

Cachetons & vodka

En 2009, le jour de Noël, l'ancien batteur des Libertin'Lips reçoit une demande d'ami sur Facebook en provenance d'une certaine Flo Kitty. Dans la description de son profil, la propriétaire du compte explique avoir choisi ce surnom parce qu'elle « adore les [chatons[6]] et tout ce qui s'y rapporte ». Greg reconnaît aussitôt Florana. Il ne l'a pas revue depuis les soirées du Gibus et du Grillon, au début des années 1990, où ils ne se croisaient déjà plus que de loin, le jeune batteur tenant à distance la glameuse en bas résille. De son côté, après avoir séjourné à Los Angeles, devenu père de famille, il s'est installé en région parisienne.

Greg n'a pas oublié les frasques du squat londonien, mais l'épisode lui semble loin à présent. En vingt ans, Florana a sans doute changé. Par nostalgie et par curiosité, il accepte sa demande. Dès les premiers messages, il prend conscience de son erreur. La glameuse lui envoie des bribes de phrases décousues : « Je pète les plombs, les cachetons, la

6. Chaton se traduit par le terme *kitty* en anglais.

vodka… Tu es quelqu'un qui a beaucoup compté pour moi… » Greg s'abstient de répondre. D'autant que le mur de Flo Kitty est peu engageant. Elle y recense ses insomnies, ses accidents, ses déceptions amoureuses, ses problèmes de santé.

« Pas envie de dormir, trop de choses s'entrechoquent dans ma tête », répète-t-elle d'un post à l'autre. Celle qui affirme désormais travailler comme secrétaire médicale dans le Val-de-Marne, à l'hôpital Henri-Mondor, met en scène une vie désenchantée. « *Fucking life !* se lamente-t-elle à l'issue d'une nuit sans sommeil. Je viens d'avoir la plus grosse déception de ma vie et ça fait mal ! Très mal… » Une amie tente de la consoler : « C'est difficile de trouver de vrais hommes de nos jours, pas lâches, responsables, protecteurs…, qui traitent les femmes comme il se doit, c'est-à-dire comme des princesses… Je sais pas ce qui se passe, Flo, mais plus ça va et moins les hommes sont couillus ! Comment leur faire confiance ? » La glameuse répond avec fatalisme : « Homme et confiance, deux mots qui ne vont pas ensemble… »

Entre ces aventures présumées, elle traverse de longues périodes de solitude : « Mes meilleurs potes en ce moment : mon PC, Lexomil, Prozac, Imovane, Di-Antalvic… Génial… Jusqu'à quand ? Les jours se suivent, se ressemblent, mais *no fun. So so alone*… » Pour ne rien arranger, une opération chirurgicale lui a ôté toute perspective de maternité : « C'est triste une vie sans enfant. Comment se consoler ? Comment compenser ce manque ? Comment faire ce deuil de ne jamais être appelée “maman” ? De ne pas le voir grandir ? De ne jamais avoir de petits-enfants, qui font rester jeune et égayent la vieillesse. Cette vieillesse seule… C’est VIDE une vie sans enfant. Éclairez-moi. Comment remplir cette vie, comment ne pas rester triste ? »

N’ayant pas répondu à ses mots incohérents, Greg pense que la glameuse l’a oublié. Mais il s’aperçoit bientôt qu’elle l’a inscrit comme administrateur d’un groupe Facebook, « les anciens du Gibus ». Il lui envoie un message pour lui demander de retirer son nom de cette page. « Oui, désolée, s’excuse Florence. J’ai cliqué sur le premier nom de la liste… » Quand elle ne crée pas elle-même des groupes nostalgiques de la scène glam, Flo Kitty participe à ceux qui existent déjà, n’hésitant pas à publier des photos de Greg dans sa vingtaine, cheveux teintés, créoles aux oreilles.

Le silence de l’intéressé ne l’empêche pas de le relancer. Un jour, elle veut savoir s’il connaît « un bon psy sur Paris » ; un autre, elle s’enquiert de la santé de sa mère ; un autre encore, elle lui recommande un « excellent bassiste ». Si ces messages paraissent anodins, ils prouvent toutefois que Flo Kitty suit de près le quotidien de Greg sur Facebook ou par des connaissances communes. À cette époque, il consulte en effet « un bon psy sur Paris », sa mère a récemment déclaré une maladie grave, et il est à la recherche d’un bassiste pour un projet de musique électro. Au détour de ces messages, auxquels Greg répond parfois, la glameuse glisse une suggestion : ne pourraient-ils pas « se revoir après toutes ces années » ? Il la remercie, mais entre son travail et ses trois filles, il n'a pas une minute à lui. « Moi aussi, je suis très occupée, s'empresse de préciser Florence. Pas le temps de souffler entre mes collections de vêtements, les salons de tatouages et tout le reste… »

L'ancien batteur laisse le plus souvent leurs conversations s'éteindre d'elles-mêmes, sans conclusion. La glameuse n'oublie jamais de revenir à la charge, sur son mur ou sa messagerie. Greg finit par s'habituer à ce bruit de fond, qu'il juge plutôt inoffensif. Un jour de l'hiver 2011, pourtant, un détail retient son attention : sa fille aînée figure parmi les amis Facebook de Flo Kitty.

Chapitre 34

L'attaque

Au début du mois de mai 2017, quelques jours après l'élection d'Emmanuel Macron, Manu dresse un tableau morose de son entourage : « Tout le monde n'a pas trop la pêche en ce moment, confie-t-il à l'équipe de Life for Paris. Greg, c'est pas ça. Flo, ça ne va pas du tout. Elle pleure beaucoup. Ma mère ne sait plus où elle doit vivre, entre Antony et Tel Aviv. Et moi je suis au milieu de tout ça [...]. La vie quoi... »

Manou Willshire n'ignore pas que Florence est fâchée avec la présidente de l'association, dont elle était autrefois si proche. La styliste accuse son ancienne amie de brider ses initiatives. Et lui fait savoir sans détour : « Tu vas me virer ou attendre que je craque ? Ça fait des semaines que tu m'évites. À chaque fois que je propose une idée, c'est de la merde. Avant, tout ce que je disais et faisais, c'était génial. Tu as bien été contente de me trouver pour faire tout le boulot. » Florence tente de monter les membres du conseil d'administration contre la présidente. Sans succès.

C'est le moment que choisit Manu pour allumer un contre-feu. Il avertit la présidente – avec laquelle il échange régulièrement sur Messenger – que Greg a fait une crise cardiaque : « Il est aux urgences. [...] Il n'allait pas bien depuis quelques jours. Il s'est plaint de douleurs à la poitrine. Le premier diagnostic de l'urgentiste : problème cardiaque. » La présidente essaie de l'aider à distance. Manu doit prévenir au plus vite les médecins que Greg a récemment survécu à un attentat. Les troubles cardiaques peuvent en effet résulter d'un syndrome de stress post-traumatique. Quatre rescapés de l'association en sont déjà morts. « Dès que je vois le médecin qui s'occupe de Greg, je lui dis, écrit Manu. [...] Fait chier tout ça... Il en a déjà assez subi, comme vous tous. [...] C'est important d'être entouré par des personnes qui comprennent. Greg, à part moi, les potes ici, Flo et son fils, il a personne. » Manu précise qu'il n'a pas encore avisé sa fiancée de l'incident : « Ça va lui faire mal et augmenter son stress. Je préfère attendre un peu. »

Quelques heures plus tard, il annonce à la présidente qu'il a enfin prévenu sa « chérie » : « J'ai eu Flo au téléphone, qui ne va pas fort du tout. Greg reste en observation quelques jours, afin de faire un check-up complet. Il est sous perfusion pour dissoudre le caillot. » Manu en profite pour essayer d'attendrir la présidente : « Prends soin de ma Flo, elle passe un examen médical un peu hard demain matin. [...] Sa relation avec toi s'est super détériorée. » La présidente lui répond que sa fiancée, en plus d'être paranoïaque, colporte des rumeurs dans l'association, montant les adhérents les uns contre les autres.

Manou Willshire, qui connaît Life for Paris comme s'il y travaillait, prend une fois de plus la défense de Flo : « Mais c'est vrai qu'elle ne participe plus à grand-chose. Avant, elle me disait "j'ai fait ci, j'ai été là, j'ai vu untel". Maintenant, elle fait ses heures de boulot et le reste du temps, elle est seule. Greg, c'est ma priorité, mais Flo, c'est la femme que j'aime. [...] Tu veux qu'elle démissionne ? » La partition de Manu commence à irriter la présidente, d'autant que Florence semble suivre leurs échanges en temps réel. Elle réagit en effet à leurs messages en quelques secondes : « Alors, comme ça, je raconte des trucs horribles sur vous ? lance-t-elle à son ancienne amie. C'est très blessant de savoir ce que tu penses de moi. » Exaspérée par ce jeu à trois, la présidente met un terme à sa correspondance avec Manu et lui demande de ne plus intervenir dans les affaires de l'association. Elle interrompt au même moment ses échanges avec Florence.

La styliste se tourne alors vers ses deux amies bénévoles – Stéphanie, avec qui elle organise les LFP Sessions, et Catherine, sa première coéquipière –, pour se plaindre : « Elle [la présidente] m'a virée de ses amis sur Facebook. Elle a fait pareil avec Manu, alors qu'il récolte des fonds pour l'association. Déjà douze mille euros... Je pense qu'elle a vraiment besoin de soins. Elle ne sait même plus récolter de l'argent... J'ai des captures d'écran où elle nous traite de psychopathes, Manu et moi. »

Florence ajoute : « C'est dur, elle m'a hurlé dessus. Vu sa mentalité, elle se fera passer pour une victime au conseil d'administration. C'est toujours les autres, jamais elle. [...] En tant que présidente, elle a tous les pouvoirs, elle peut me virer, je ne suis qu'en CDD. C'est usant avec mes soucis de santé. Voilà comment on est remercié à Life for Paris. » Catherine essaie de la rassurer : « T'inquiète, tu travailles bien... » Elle estime toutefois que Florence a commis une faute de langage. Il lui paraît déplacé d'attendre des « remerciements » quand on travaille dans une association d'aide aux victimes.

Les jours suivants, Florence fait savoir au staff que « Greg se remet tout doucement. » La présidente en est avisée, elle aussi : depuis un peu plus d'un an, elle échange avec Blackwidow Grib sur Messenger. Elle prend régulièrement de ses nouvelles et l'encourage dans sa rééducation. À la fin du mois de mai, elle interrompt soudainement cette correspondance, comme elle l'a fait avec Florence et Manu quelques jours plus tôt. Au sein de l'association, seules deux personnes, l'ancienne présidente – qui a quitté son poste dix mois plus tôt – et la nouvelle, connaissent les motifs de cette rupture.

Chapitre 35

L'entorse

Greg se renseigne auprès de sa fille aînée. Pourquoi Flo Kitty figure-t-elle dans ses contacts Facebook ? Quelle est la nature de leurs échanges ? Sa fille paraît étonnée. Florence n'est-elle pas l'une de ses « meilleures copines » ? Une amitié de vingt ans ? Greg lui explique qu'il la connaît en effet depuis vingt ans, mais qu'il la fuit depuis autant d'années. C'est une personne malade, estime-t-il, prête à tout pour attirer l'attention. Il donne pour consigne à son aînée de ne plus échanger avec elle sur les réseaux sociaux.

« Pourquoi tu m'as virée de tes potes et ta fille aussi ? », s'enquiert Flo Kitty dans les jours qui suivent. Ni Greg ni son aînée ne répondent. En retirant la glameuse de ses contacts – et en conseillant à son entourage de l'imiter –, l'ancien batteur des Libertin'Lips a le sentiment d'avoir envoyé un message clair : « Oublie-moi, ne t'approche pas de ma famille ni de mes amis. » La méthode semble porter ses fruits. Flo Kitty ne se manifeste plus. En cet hiver 2011, Greg pense en être à jamais débarrassé.

Une semaine plus tard, il reçoit un message de Sofia, une amie d'enfance. Depuis quelques années, elle est accablée de dettes, cherchant à tout prix une opportunité pour rebondir. « C'est super pour le bar, lui dit-elle par Messenger. J'ai décidé de l'acheter. C'est vraiment un pur plan que m'a trouvé ta pote Flo Kitty. » Greg l'appelle aussitôt :

– C'est quoi, cette histoire de bar ? s'inquiète-t-il.

– Une affaire en or, un bar vendu par une famille kabyle. Ta copine Flo les connaît bien.

– Flo n'est pas ma copine. Tu l'as rencontrée comment ?

– Par Facebook. Elle est amie avec toi, donc…

– Elle était…

– Je ne vérifie pas les listes d'amis chaque jour… Mais franchement, ultra sympa comme nana…

– C'est une mytho. Et accessoirement, une arnaqueuse. Si elle est dans un business, tu peux être sûre que c'est foireux. N'achète surtout pas ce bar, tu le regretteras, je te le garantis.

Sofia ne se laisse pas facilement convaincre.

– Pourquoi ? Ce serait trop con de laisser passer une occasion pareille, même si c'est une meuf chelou qui l'a repérée. C'est un plan en or. Pour que ça marche, il faut juste que mon crédit soit accepté.

– Fais-moi confiance, je t'en supplie. Oublie le bar et le crédit.

De haute lutte, Greg obtient la promesse que Sofia ne s'engagera pas dans cette affaire. Il la rappelle plusieurs fois pour s'assurer qu'elle n'a pas changé d'avis.

Bannie des contacts du batteur, Florence ne continue pas moins à lui écrire sur Messenger. « Comment vas-tu ? », veut-elle savoir quelques semaines après la vente avortée du bar. L'absence de réponse, comme à son habitude, ne la dissuade pas de revenir à la charge : « Pourquoi tu me fais la gueule ? Tu racontes à tout le monde que tu t'en fous de moi… Tu as compté dans ma vie… » Elle lui souhaite son anniversaire en octobre et une bonne année le 1er janvier 2012.

Au cours de cette période, sur son mur Facebook – pour l'essentiel, en accès public –, Flo Kitty ne cache pas sa détresse : « Ma vie part en live ! […] Les seules personnes que j'aurais voulu avoir près de moi sont pas là ! Et ne prennent pas de mes nouvelles… » D'autres posts semblent ne s'adresser qu'à elle-même : « Chacun fait sa vie comme il en a envie ! À force de toujours se mêler de celle des autres, vous oubliez la vôtre. Il est facile de faire du mal aux autres en racontant n'importe quoi, en foutant la merde, mais franchement regardez-vous et demandez-vous pourquoi vous enviez tant les autres ? » Quelques semaines plus tard, elle renchérit : « Pour les nuisibles qui essaient de nous pourrir la vie, petite prière du jour : de ton cul, tu te mêleras ; de ta vie, tu t'occuperas ; ta grande gueule, tu fermeras ; d'être hypocrite, tu cesseras ; de lécher le cul des gens, tu arrêteras ; à ta place, tu resteras ! Et éventuellement, ma main dans ta gueule, tu prendras ! »

L'automne 2011 de Flo Kitty, à en croire son compte Facebook, n'est qu'ennui et nostalgie. Au sortir de nuits sans sommeil, elle affirme « s'emmerder » dans un grand loft d'artiste, à Ermont, dans le Val-d'Oise. Elle traîne sur des forums nostalgiques de la scène glam, où elle poste des vidéos qui « rappellent cette belle époque », se félicitant que « les banquettes du Gibus ne puissent pas parler… » Au-delà de ces accès de mélancolie, elle dresse surtout la liste de ses déconvenues. Un jour, elle se fait pirater son compte Facebook. Un autre – quand ce n'est pas le même –, elle est hospitalisée en urgence. Un autre encore, elle se fait agresser dans son loft, puis renverser par une voiture avec son chien : « DÉPRIME TOTALE ! Un connard a foncé sur moi et Luffy. Il est chez le véto. Je suis au bout du rouleau, toute seule chez moi ! » Il n'y a guère de répit entre les tuiles. « Et vlan, une entorse ! », annonce-t-elle quelques semaines plus tard aux mille cinq cents amis de son compte.

Chapitre 36

La falsification

En mai 2017, la présidente de Life for Paris se rend au ministère de la Justice. Elle est accompagnée par son amie Maureen, qui lui a laissé les rênes de l'association. Les deux jeunes femmes s'apprêtent à déposer un dossier pour obtenir des subventions. Elles ont rassemblé tous les documents justifiant les dépenses de Life for Paris. Parmi ces pièces, le contrat d'embauche de Florence, qui leur en a envoyé une copie la veille. Par acquit de conscience, Maureen y jette un dernier coup d'œil. Elle fronce les sourcils, le relit, puis se tourne vers son amie : le CDD à mi-temps de Flo a été transformé en CDI à plein temps ? Depuis quand travaille-t-elle trente-cinq heures pour deux mille deux cents euros net ? La présidente de l'association s'étonne, elle aussi. On ne l'a pas prévenue.

Les deux amies appellent Arthur D., le polytechnicien chargé des salariés à Life for Paris. Il leur confirme que Florence n'est liée à l'association que par un mi-temps à durée déterminée. À quoi correspond, alors, le document qu'elles ont reçu la veille ? Les trois membres du comité d'administration se rendent à l'évidence : il s'agit d'un faux envoyé par mégarde. Une hypothèse s'impose vite. La salariée du Val-de-Marne réside chez sa mère. Elle cherche désespérément un appartement. Comme ses demandes pour un logement social ont échoué, elle se tourne depuis peu vers le marché privé. Et pour y décrocher une location, il est indispensable de justifier d'un emploi stable. Voilà ce qui aurait conduit Florence à trafiquer son contrat.

Le sujet est suffisamment sérieux pour être évoqué en conseil d'administration – sans en aviser l'intéressée. Si la nouvelle surprend l'assemblée, beaucoup trouvent des excuses à Florence. Qui n'a jamais bidouillé une fiche de salaire pour obtenir un appartement ? Le marché des locations est devenu infernal à Paris. Il faut bien se débrouiller. Tout le monde a droit à un logement décent.

Une seule personne au sein du conseil d'administration ne se résout pas à tourner la page. C'est la présidente.

Chapitre 37

Le chaton ventriloque

Au début de l'année 2012, un certain « Bogoss » utilise le compte de Flo Kitty pour aviser ses contacts qu'elle a fait une tentative de suicide : « C'est Bogoss, un pote à Flo Kitty. Elle vient d'être emmenée à l'hôpital. Merci à tous de votre soutien, je vous tiens au courant pour elle. » À l'hôpital, Florence garde elle aussi la main sur son compte, puisqu'elle ajoute en commentaire : « Pour l'instant, c'est lavage d'estomac ! »

Ces échanges n'apparaissent pas sur le mur de Greg, qui ne fait plus partie de ses contacts. Bogoss lui envoie toutefois un message privé pour lui annoncer l'hospitalisation. « Le pote à Flo Kitty » en profite pour lui reprocher, à lui et à sa bande, d'avoir abandonné son amie lorsqu'elle se sentait seule. Greg, échaudé par l'épisode du bar kabyle, se garde bien de lui répondre.

Quelques jours plus tard, il est contacté sur Messenger par une autre connaissance de Flo Kitty, un certain « Mehdi ». L'ancien batteur des Libertin'Lips sort de son silence pour clarifier les choses :

– Qui es-tu ? demande-t-il à Mehdi.
– Bonjour, je suis le petit ami de Flo.
– Et ?
– Je voulais te donner des nouvelles de Flo, tout simplement.
– Vas-y, je t'écoute.
– Flo a subi des choses pas cool. Son agression au loft, suivie par une ablation de l'utérus. Elle n'aura pas d'enfant. Le fait de ne pas avoir d'enfant lui fait péter les plombs. Elle a donc fait une tentative de suicide. Les pompiers sont venus. Elle était dans un sale état. J'ai téléphoné à Bogoss pour lui dire et suis parti à l'hôpital. C'est au niveau du cerveau que ça va pas. Il y a eu un état de mort clinique, mais c'est reparti, les organes vitaux ne sont pas atteints. Son cœur, ses poumons, ses reins et sa tension sont bien. Mais maintenant, il faut attendre l'évolution cérébrale. Je croise les doigts pour que ça s'améliore. Voilà. Bonne journée.
– Quel hôpital, s'il te plaît ?
– Elle va être transférée à l'hôpital Henri-Mondor. Pourquoi ? Tu veux aller la voir ? Si tu veux téléphoner, Flo sera sous anonymat à la demande de sa famille, suite à une agression qu'elle a subie dans le quartier. C'est moi qui ai fait des conneries. Et Flo qui a morflé. Si tu veux voir des photos, je t'en envoie. Je peux te poser une question ? Tu réponds si tu as envie : il y a un froid entre toi et Flo ?

Comme Greg demeure silencieux, Mehdi le relance :
– Tu me réponds pas. Il y a quelque chose que tu ne comprends pas ?

– Si, je comprends tout pour l'instant. Je ne suis pas scotché devant mon écran pour répondre à tes questions. Non, je ne veux pas de photo. Non, je n'irai pas la voir. Pour finir, si je l'ai retirée de mes amis Facebook, c'est qu'elle n'a pas changé au fil des ans. Des histoires, du mytho… Pour couronner le tout, elle se permet de contacter mes amis et ma famille. Non seulement, elle se fait passer pour l'une de mes très bonnes amies, mais en plus elle leur propose des plans douteux. Je n'ai rien contre elle, mais je n'ai pas le temps pour ce genre de conneries. Et je trouve ça déplacé. D'où le retrait de mes amis Facebook. Flo n'a jamais été une amie, une pote. On évoluait dans le même milieu, le même cercle, mais elle n'a jamais fait partie de mes amis – que je compte sur les doigts d'une main – et encore moins depuis le séjour à Londres, où sa mythomanie a failli nous coûter très cher. Je sais que Flo n'est pas une mauvaise personne. Elle est malade et dépressive. J'ai ma vie, mes obligations et mes soucis. Alors régler les problèmes d'une personne que je n'ai pas vue depuis vingt ans, ce n'est pas mon rôle. Pour finir, toi et Bogoss de mes deux, vous vous permettez de nous accuser des prétendues tentatives de suicide de Flo. Je connais pas votre vie, mais visiblement vous êtes ses deux seuls vrais amis. Alors à vous d'assumer le fait qu'elle essaie de se foutre en l'air si souvent. À vous de trouver des solutions. Arrêtez de nous gonfler avec vos commentaires et vos leçons de morale. Faites-la interner à Sainte-Anne. Et si vous n'avez pas les couilles de le faire, demandez à sa famille de s'en charger. Je trouve ça dégueulasse de laisser une personne se détruire ainsi. Mais encore une fois, ce n'est pas mon rôle ni celui de mes amis de s'en occuper. Tu es son mec, prends tes responsabilités. Pareil pour son meilleur ami.

– Flo ne s'est jamais permis de faire des demandes d'amis à ta famille et je ne vois pas quel plan douteux elle aurait pu proposer. Ensuite, son problème de mythomanie est terminé depuis des lustres. Elle a été suivie pour ça. On a pris ensemble une maison-atelier. Nous nous sommes mis à notre compte, moi comme infographiste, elle, comme designer enfant. Il lui est arrivé l'agression, puis l'opération. Après, elle a été suivie en groupes de parole, mais elle ne se remet pas. Si c'était pas ton amie ni une copine, pourquoi tu la baisais, pour passer le temps ? Non, c'est pas une mauvaise personne. Dès qu'elle le peut, elle fait le bien autour d'elle. Je te demande pas de t'occuper d'elle. Je suis là. Bogoss, je l'ai éloigné. Elle n'a pas besoin d'internement, juste d'une bonne thérapie. Elle a aussi besoin de ne plus écouter les gens mauvais. Je ne demande à personne d'assumer des responsabilités, juste un petit message de temps en temps, la bonne année, les anniversaires, c'est rien, mais ça fait plaisir. Depuis que je suis avec elle, elle dit toujours la vérité à ses amis. Oui, je suis son mec et je prends mes responsabilités.

Greg commence à perdre patience.

– Mec, tu me saoules. J'ai viré ta meuf de mes amis Facebook pour les raisons que j'ai citées. Tu me crois ou tu me crois pas, je m'en branle. Je t'ai dit que je ne souhaitais pas lui parler. Elle ne peut pas se faire une raison. Je ne suis pas psy, ni assistante sociale, donc ce n'est pas mon problème. Tu me racontes votre vie, je ne suis pas votre pote, votre ami, ça ne m'intéresse pas. Pour terminer, je ne l'ai jamais « baisée ». Elle aurait peut-être aimé, mais encore une fois, c'est de la mythomanie. Et même si je l'avais baisée, je dis bien « si » pour qu'il n'y ait pas de confusion, cela m'obligerait à rester en contact avec elle ? Si j'avais dû rester en contact avec toutes les femmes avec qui j'ai eu des rapports, les tenir par la main, je n'aurais pas eu de vie. Voilà, tu en fais ce que tu veux, mais arrêtez de nous gaver avec vos histoires à deux balles. Je pense avoir été clair.

– Très clair. Branle-toi bien. Je sais que tu as aimé te faire sucer par elle. Si t'as oublié, c'est ton problème. Tu mélanges un peu tout. Moi, je souhaite juste qu'elle s'en sorte et qu'elle puisse dire que vous avez tous été faux-culs avec elle. Profiteurs, moqueurs. C'est elle qui t'a pistonné pour ton premier job de *roadie*, peut-être que tu t'en souviens pas ?

– LOOOOOL !!!!

– C'était pour le festival Monsters of Rock à Vincennes.

– Florana, tu me fais rire !

– Non, moi c'est Mehdi. Elle m'a raconté ça car on dînait avec une fille qui avait bossé là-bas. Alors mec, arrête un peu et respecte les gens qui sont malades.

– Oui, Florana, bien sûr…

– T'as aucun respect.

– Hey, tu passes beaucoup de temps sur le Net pour un mec dont la femme est à l'hosto en état de mort clinique. Une chose : je suis content de voir qu'elle n'est pas décédée. J'ai peut-être pas de respect, mais je ne me réjouis pas du malheur des gens, et encore moins de leur mort. J'ai failli y croire, mais toutes ces incohérences dans vos commentaires ont prouvé une chose : c'est une mytho. Elle a fait ça encore une fois pour voir si les gens allaient réagir. Donc, je n'ai pas de pitié et encore moins de compassion pour des personnes qui se complaisent dans le malheur. […] Monter des mensonges pour avoir de l'attention, ça me fait gerber.
– Crois ce que tu veux, moi je pense à ma femme. J'attendrai qu'elle se rétablisse pour lui raconter tout sur les gens qu'elle avait en affection et qui s'en foutent pas mal d'elle. Il n'y a pas de mensonges. On n'a pas besoin de l'attention des gens.

Greg coupe court à la discussion. Quelques heures plus tard, il poste en accès public le lien d'un reportage sur la mythomanie.

La mythomanie demeure mal connue en psychiatrie, où elle est moins considérée comme une pathologie à part entière que comme un symptôme adossé à d'autres troubles. Le Manuel diagnostique et statistique des troubles mentaux (DSM-5), ouvrage de référence établi par l'Association américaine de psychiatrie, n'en propose aucune définition. En revanche, la Classification internationale des maladies (CIM-11), publiée par l'Organisation mondiale de la santé, la considère comme l'un des troubles durables de la personnalité. Au-delà de ces subtilités d'ordre psychiatrique, la définition du Larousse, elle, se concentre sur le sens commun du terme : « Se dit d'une personne qui raconte, en les présentant comme réels, des faits imaginaires auxquels elle finit par croire. »

Chapitre 38

Lettres de Californie

En mai 2017, la trésorière de Life for Paris, Stéphanie Z., apprend l'accident cardiaque de Greg. Elle s'inquiète pour lui, bien qu'elle ne l'ait jamais vu. Greg est un rescapé du Bataclan, comme elle. Et depuis quelques mois, elle s'est rapprochée de « sa meilleure amie », Florence. Les deux femmes partagent une même passion pour le « stoner rock », metal rythmé par une lourde basse. L'une est styliste-modéliste, l'autre ingénieur-docteur en chimie. Lorsqu'elles organisent les Life for Paris Sessions au Dr Feelgood, Florence filtre les invités à l'entrée, Stéphanie tient la caisse. Les concerts sont souvent réussis. Et très arrosés.

Après l'accident cardiaque, la styliste donne régulièrement des nouvelles de Greg à Stéphanie. La chimiste apprend ainsi qu'il se remet lentement. Au vu des examens, la crise ne devrait pas laisser de séquelles. Florence suggère bientôt à Stéphanie d'écrire directement à Greg. Son « meilleur ami » a besoin de se changer les idées. Sa convalescence s'éternise. Il passe l'essentiel de ses journées seul, dans la grande maison de Manu, au bord de la piscine.

Stéphanie entame alors une correspondance avec le rescapé du Bataclan, Blackwidow Grib. Sur Messenger, ils parlent de musique, du 13 novembre, des incendies qui ravagent la Californie et, bien sûr, de Florence, leur amie commune. Greg ne tarit pas d'éloges à son égard. Sans elle, il n'aurait jamais surmonté la phase de réanimation à l'hôpital Pompidou. Flo l'a sauvé. C'est une amie irremplaçable. Quant à son travail au sein de l'association, il est convaincu qu'elle donne le meilleur d'elle-même, comme à son habitude. Blackwidow Grib tresse aussi des lauriers à Manu, qui est comme un grand frère pour lui. Un modèle depuis l'adolescence. Ils jouaient dans le même groupe à Londres, les Libertin'Lips. Flo les accompagnait partout, comme une muse. Malgré quelques jalousies – Greg ayant eu une aventure avec elle –, ils ont toujours formé une bande soudée.

Les échanges entre les deux survivants du Bataclan deviennent plus réguliers. Ils apprennent à se connaître, partagent des vidéos, déplorent la politique de Donald Trump, se racontent leur quotidien. D'une semaine à l'autre, leur correspondance prend une tournure intime. Un jour d'été, Stéphanie avoue à Florence qu'elle en pince pour l'ancien batteur des Libertin'Lips.

Chapitre 39

Cousine Élisa

En février 2012, juste après s'être expliqué avec « Mehdi » – le petit ami de Flo –, Greg se tourne vers un autre compte qui l'assaille de messages, une certaine Élisa Tavarois :

– On se connaît ? veut-il savoir.

– Je suis la cousine de Flo. On s'est croisés une fois au Caméléon [bar de la rue Saint-André-des-Arts].

– Désolé pour ta cousine. Je ne vais pas dire que je suis ami avec elle, ce serait faux, mais je pense que les deux tocards – à savoir son mec et Bogoss – ne sont pas ce qu'il y a de mieux pour elle. Enfin, bref, ce n'est pas mon rôle de m'occuper de ta cousine, qui est dépressive et visiblement vraiment malade. Il lui faut un psy et de l'aide médicale. Pour être honnête, il y a eu tellement de mythos de sa part depuis des mois, voire des années, qu'on ne sait plus ce qui est vrai et faux… À force de crier au loup, on n'y croit plus. Je veux pas paraître froid et insensible, mais toutes ces histoires me saoulent. J'ai ma vie, mes propres problèmes à gérer, je ne suis pas l'abbé Pierre. J'espère qu'elle va s'en tirer et que les personnes censées être un minimum adultes vont

l'aider. Dans le cas contraire, je suis navré que sa vie se termine d'une façon aussi sordide.
– Non, Mehdi est bien. Je croyais que vous étiez amis. Ma cousine n'est pas une mytho. Elle l'a peut-être été, mais il me semble qu'elle a eu un suivi pour ça. Tu sais, elle mène une vie calme avec son mec [Mehdi]. L'erreur, c'est peut-être la différence d'âge, mais on ne peut pas juger. Elle a sa petite activité d'autoentrepreneur. Son problème, c'est cet enfant qu'elle n'aura jamais. C'est de ça qu'elle souffre énormément. Je vais rester sur Paris pour seconder Mehdi. Je pense qu'elle me parlera plus, à moi. Tu sais qu'elle a du mal à passer devant un rayon enfant sans avoir envie de pleurer. J'espère que ça va aller. Tu n'as pas à être navré, puisque tu n'es pas ami avec elle. Mais j'espère qu'elle va s'en tirer. Merci pour ton message.

Deux heures plus tard, après avoir découvert le reportage publié par Greg sur la mythomanie, Élisa lui envoie un nouveau message :
– Si Flo n'est pas ton amie, pourquoi tu mets des publications en rapport avec elle ? Si elle s'en tire, j'espère qu'elle aura des personnes sensées autour d'elle. […] Bonne soirée.
– Oui, tu as raison… Putain, tu m'as touché, là, désolé…
– Je le prends comment ? Tu te fous de moi ?
– Vous (enfin tu, elle, il…) me prenez pour un con depuis deux jours. Tu viens me demander si je me fous de toi ? C'est un peu le monde à l'envers. On sait tous que cette histoire ne tient pas debout. Tu

admets même que le reportage est en rapport avec ta cousine… C'est quoi la suite ? Une demande d'argent pour ses (fausses) obsèques ? Une aide pour ses frais d'hospitalisation ?

– Personne te prend pour un con. C'est la stricte vérité. Maintenant, tu y crois ou pas, c'est ton problème. Tu as posté un reportage sur la mythomanie parce que vous traitez tous Flo de mytho ! Sinon, il n'y a pas de suite, j'attends que ma cousine se stabilise et que son état s'améliore. Nous ne demandons pas d'argent. […] Bonne soirée.

Greg laisse ce dernier message sans réponse.

Chapitre 40

L’homme au sinogramme

Stéphanie, la trésorière de Life for Paris, et Blackwidow Grib se confient leurs sentiments. Au fil de l’été 2017, une relation se tisse avec pudeur entre les deux rives de l’Atlantique. Depuis le 13 novembre, les deux rescapés souffrent d’un « blocage sentimental ». Ni l’un ni l’autre n’ont réussi à retrouver une vie amoureuse. Comment établir des liens durables quand on est sujet à des insomnies, des crises d’hypervigilance ou des épisodes dissociatifs ? Au moins, entre survivants, Greg et Stéphanie se comprennent. Le caractère virtuel de leur relation les rassure. Ils peuvent avancer sans précipitation, à leur rythme.

Ils échangent des messages tous les jours. Blackwidow Grib envoie à Stéphanie des images de son chat, qui s’ébat dans le jardin de Manu, en Californie. Il lui fait aussi parvenir des photos de lui. Sur l’une d’elles, il apparaît dans sa vingtaine, yeux écarquillés, cheveux longs, boucles d’oreilles en plumes. Sur une autre, plus récente, il est de profil, mal rasé, bouche entrouverte, comme surpris au milieu d’une conversation. On aperçoit distinctement un tatouage dans son cou. Un sinogramme entouré de fleurs.

Au bout de quelques semaines, accoutumés l'un à l'autre, les deux amoureux évoquent la perspective d'une vraie rencontre. Ils prévoient un grand voyage aux États-Unis, peut-être au début de l'année 2018. Stéphanie et Florence traverseraient l'Atlantique pour rejoindre Greg et Manu. Un road trip à quatre, sur fond de musique glam.

Chapitre 41

Rock'n roll no life

Le compte Facebook Manou Willshire voit le jour au printemps 2012, quelques semaines après la tentative de suicide de Florence. Son premier post, comme les suivants, est dédié à la femme qu'il aime. Sous le dessin d'une créature en porte-jarretelles, il écrit : « Elle est blonde, un brin coquine, elle aime les chatons, et c'est elle que j'aime… Pour toi, ma Kitty. » Ce compte entretient de nombreux échanges avec Blackwidow Grib, créé au même moment. Les deux profils ont aussi les mêmes amis, une dizaine de personnes tout au plus.

Ils publient peu. Et leurs posts recueillent rarement plus de trois like : un de Flo Kitty, un autre d'Élisa Tavarois et un dernier consistant souvent en un auto-like. Florence ne recueille pas beaucoup plus de suffrages sur son propre compte. Ses publications, comme celles des années précédentes, n'ont rien pour galvaniser l'audience. « Je ne sais tellement pas quoi faire que je joue à Candy Crush Saga [jeu vidéo gratuit] ! avoue-t-elle. *Rock'n'roll no life !* » Quand Florence ne s'abandonne pas à la nostalgie des années Gibus, elle « s'ennuie comme pas possible » ou se retranche dans le sommeil : « Ne sachant pas quoi faire de mes dix doigts, je vais essayer de dormir ! »

La mise en scène de cette solitude est ponctuée de notes dépressives : « J'aimerais être un PC pour redémarrer ma vie en mode sans échec. » Ou tragiques, quand surviennent des accidents, qui la poursuivent avec une étonnante persévérance. À l'automne 2012, une chute dans un escalier lui vaut « un bras cassé, des côtes fêlées, un trauma facial et deux incisives remontées dans la gencive ». L'hiver suivant, une nouvelle glissade se solde par une prothèse au poignet et un « os ressoudé de travers ». Autant de déboires auxquels Manou Willshire et Blackwidow Grib compatissent assidûment.

En septembre 2012, après avoir asséné qu'elle était stérile, Flo Kitty annonce être enceinte : « La vie des fois est surprenante… J'avais 5 % de chances que ça m'arrive. C'est peu, mais c'est arrivé : 2 mois et 25 jours… Un bonheur inespéré ! Une bonne raison d'arrêter la cigarette ! » Six mois plus tard, aucun événement particulier n'est mentionné sur son mur. Flo Kitty semble avoir oublié sa grossesse.

À la fin de l'année, elle se rappelle encore au bon souvenir de Greg. Elle lui envoie un message pour donner de ses nouvelles. Elle a suivi une psychothérapie et s'est séparée d'un mec qui la « tirait vers le bas » – sans doute Mehdi. Fidèle à ses résolutions, Greg ne lui répond pas. L'ancien batteur ne s'intéresse pas suffisamment au compte de Flo Kitty pour savoir qu'il a une doublure numérique.

Chapitre 42

Les prud'hommmes

La présidente de Life for Paris est persuadée que Florence ment aux bénévoles. Au-delà du contrat falsifié, elle pressent quelque chose de suspect, autant dans son histoire que dans son comportement. Il lui paraît étrange que Manou Willshire, Blackwidow Grib et Flo Kitty soient constamment connectés entre eux sur les réseaux sociaux. Ils partagent les mêmes souvenirs, les mêmes amis, utilisent les mêmes expressions, avec les mêmes fautes d'orthographe.

La présidente passe chacun de ces comptes au peigne fin, sans trouver de piste prometteuse. Comment enquêter sur des Français installés en Californie, que personne, à part Florence, n'a jamais rencontrés ? La présidente ne connaît ni le nom de famille de Greg, ni celui de Manu. Et elle ne peut plus obtenir de renseignements auprès de la styliste, leurs rapports se limitant désormais au seul domaine professionnel.

Dans les bureaux de l'association, Florence reste sur ses gardes. La présidente encadre son travail de près, à l'affût du moindre dérapage. La salariée aux cheveux roses essaie d'échapper à son emprise en demandant à Arthur D., son responsable direct, d'étendre ses prérogatives : « Tu peux faire remonter que j'aimerais bien être sur la préparation de [la prochaine commémoration du] 13 [novembre] ? » D'un échange à l'autre, procédant par allusions, elle remet en cause les décisions de la présidente. Elle laisse ainsi entendre que la mise à l'écart de Manou Willshire – pourtant à l'origine d'un projet caritatif – fait perdre de l'argent à Life for Paris : « Il faudrait rattraper le coup avec le partenariat de Manu, mon mec. [...] Un peu plus de treize mille euros, je pense que ça ne se refuse pas. Et l'opération se poursuivra en septembre en Europe. » Arthur élude, rebondissant sur d'autres sujets.

« [La présidente] m'a vraiment dans le collimateur..., insiste Florence. Mais je ne lui ferai pas le plaisir de démissionner. [...] La dictature est en marche à Life for Paris. [...] J'ai pas dormi, j'ai chialé une bonne partie de la nuit. [...] Heureusement, il y a des gens qui me soutiennent, toi, Stéphanie, et mes autres amis. » En sous-main, Blackwidow Grib et Manou Willshire plaident sa cause auprès des membres du conseil d'administration. Ils évoquent le comportement « tyrannique » de la présidente. Mais les bénévoles refusent de prendre parti, bottant en touche.

Face à cette prudente inertie, la styliste modifie son angle d'attaque. Elle s'indigne qu'il lui soit demandé des comptes rendus pour justifier son travail. On lui fait valoir que ces fiches protègent tout le monde, à commencer par elle. « Pour me protéger […], il y a l'inspection du travail et les prud'hommes », prévient-elle. Arthur, son responsable, essaie de désamorcer le conflit sur le ton de la boutade : « C'est en cas de guerre. Aucune raison d'en arriver là. » Florence, visiblement, n'a pas envie de plaisanter : « Mais c'est la guerre […], tant que [la présidente] ne changera pas de comportement. C'est pas parce que je suis salariée que je suis de la merde. Elle sait très bien le travail que je fais et que j'ai toujours fait. […] De toute façon, elle ne renouvellera pas mon contrat. Elle ne juge pas le travail, mais la personne. »

Indifférente aux manœuvres de Florence, la présidente continue à chercher des indices sur Blackwidow Grib.

Chapitre 43

Les bornes de l'A13

« Alors, sur Cédric, ça progresse ? » : la styliste demande avec insistance aux bénévoles où en est l'enquête sur l'ancien ambulancier. Les investigations sont menées par les services de gendarmerie de Noisy-le-Roi, dans les Yvelines. Florence apprend bientôt que les données du téléphone de Cédric ont révélé une chronologie précise de ses déplacements. Le 13 novembre, à 21 h 40, au moment où une fusillade s'engage devant le Bataclan, il se trouve à une trentaine de kilomètres de la salle de concert. Plus tard, un peu avant minuit, son portable accroche plusieurs bornes le long de l'autoroute A13, comme s'il avait soudainement filé vers le lieu de l'attentat, dont les médias se faisaient déjà l'écho. Parvenant à franchir le périmètre de sécurité installé aux abords du Bataclan, il est aperçu au bar Le Baromètre, boulevard Voltaire, juste après l'assaut de la BRI.

Personne ne sait que Florence échange des appels avec Cédric au fil de l'enquête. Par un curieux hasard, au moment où les gendarmes acquièrent suffisamment d'éléments pour confondre l'ancien ambulancier, celui-ci s'envole pour la Nouvelle-Calédonie.

Chapitre 44

Rainbow Bar & Grill

Entre 2013 et 2014, Florence, alors au mitan de la quarantaine, se fait remettre plus de vingt mille euros par des établissements bancaires du Val-d'Oise, où elle réside dans un loft d'artiste. La styliste contracte ces emprunts sous une fausse identité. Leur montant équivaut à ce qu'elle gagne en une année en tant que secrétaire médicale à l'hôpital Henri-Mondor de Créteil. Avec ce butin, Florence s'offre un séjour dans la ville de ses rêves, Los Angeles, le berceau des Mötley Crüe et des Guns N' Roses. Là-bas, dans la Cité des Anges, vivent aussi les fondateurs de Libertin'Lips, Manu et Raff, les idoles de sa jeunesse. La glameuse entreprend moins un voyage dans l'espace que dans le temps, à la recherche d'un âge perdu, celui des années Gibus, qui grandit dans son cœur à mesure qu'il s'éloigne.

Elle atterrit à Los Angeles en mars 2014. À peine descendue de l'avion, elle file au Rainbow Bar & Grill, temple de la musique metal. L'établissement de Sunset Strip, au cœur de West Hollywood, a entre autres servi de décor aux clips de Guns N' Roses et de Motörhead. Dans ce club, Florence serait tombée par hasard sur Manu, le guitariste des Libertin'Lips, qu'elle considère comme son « ancien amoureux ». Après s'être donné l'accolade, ils auraient renoué une idylle interrompue vingt-cinq ans plus tôt.

Florence croise bien Emmanuel Nadam à Los Angeles au printemps 2014, mais ces retrouvailles ne doivent rien au hasard. Avant de traverser l'Atlantique, elle a prévenu le meilleur ami du guitariste, Raff, de son arrivée. Comme Greg et Manu, l'ancien chanteur des Libertin'Lips n'a pas oublié l'épisode du squat londonien. Mais il a cinquante ans. Le temps de l'indulgence et de la nostalgie. Si quelque chose ne tourne pas rond dans la tête de Florana, elle ne fait pas moins partie de son passé. Avec le recul des décennies, ses embrouilles et ses coups de théâtre lui paraissent même cocasses, sinon émouvants.

Quelques années plus tôt, lorsque Flo Kitty l'a demandé en ami sur Facebook, il s'est laissé attendrir. Les deux anciens du Gibus se sont ensuite donné des nouvelles de loin en loin. Installé dans un ranch, Raff organisait des « séjours rock » en Californie pour le public français. Florence a commencé à en faire la promotion sur les réseaux sociaux : « Pourquoi hésiter plus longtemps ? écrivait-elle sous les offres de voyage. On ne réfléchit pas et on fonce ! » Quand elle lui annonce sa venue à Los Angeles, au printemps 2014, il l'encourage à se manifester une fois sur place. Florence ne se le fait pas dire deux fois. Et obtient plus qu'elle n'espère : non seulement Raff lui donne un rendez-vous, mais il s'y rend en compagnie de Manu.

Flo n'en demandait pas tant. Elle est à Los Angeles avec les icônes de sa jeunesse. Il ne manque que Greg. Tout le reste est parfait. Mais le décor se fissure bientôt. Manu n'a pas la patience de Raff. Après quelques rendez-vous entre anciens, il confie à ses amis que Florana lui « casse les couilles » et s'arrange pour l'éviter. L'ancien guitariste des Libertin'Lips a-t-il pressenti un mauvais coup ? Il ignore pourtant l'essentiel : la glameuse lui a créé un double numérique deux ans plus tôt. Sur le mur de ce compte, intitulé Manou Willshire, figurent des photos de lui, de son fils, mais aussi de Raff et de Greg.

Chapitre 45

Le rêve incarné du Feelgood

Après son séjour à Los Angeles, au printemps 2014, Florence reste en relation avec Raff. Elle lui envoie des messages et continue de faire la promotion de ses circuits en Californie. Lui ajoute de temps à autre un like ou un mot affectueux à ses posts. Il sait qu'elle est engagée depuis le 13 novembre dans une association d'aides aux victimes – ainsi que la styliste le fait savoir sur les réseaux sociaux. Raff sait aussi qu'elle organise des concerts de rock, les LFP Sessions, au Dr Feelgood des Halles. Grâce au carnet d'adresses de l'association, Florence et Stéphanie y invitent des formations à la notoriété établie, comme celle du chanteur américain Matt Boroff. En annonçant ces concerts sur Facebook, la styliste prend une revanche sur son passé, sur l'époque du Gibus, où les glameux haussaient les épaules quand elle se présentait comme une manageuse de groupes. Aujourd'hui, elle organise des concerts avec le soutien d'une puissante association de victimes.

En apprenant le passage de Raff à Paris, au mois de juin 2017, Florence l'invite à une LFP Session.

« J'ai des potes qui arrivent des States ce week-end, annonce-t-elle à Arthur, son responsable direct à l'association. Ça va être super, grosse bouffée d'oxygène. » Deux groupes sont à l'affiche du Dr Feelgood : Mister Dudeness, un trio de rock atypique, et Bouncing Bones, une formation stoner et rhythm'n'blues. Le ticket d'entrée est à six euros avec un shot gratuit. Les deux organisatrices, comme elles en ont l'habitude, se répartissent les rôles : Flo à l'entrée et Stéphanie à la caisse. À 20 heures, une foule déjà nombreuse se presse devant le Feelgood. Aux adhérents de Life for Paris se mêlent des habitués du bar, qui affichent un pur style de métalleux : cheveux bleus, triple ceinture, semelles surcompensées, perfectos sans manches étoilés de badges…

À l'entrée de l'établissement, Florence aperçoit Raff, accompagné de sa femme. Elle les salue chaleureusement et les invite à rejoindre le concert. Un peu plus tard, alors que la glameuse a quitté l'entrée, un homme de quarante-huit ans se présente devant le Feelgood. Il porte un tatouage dans le cou – un sinogramme entouré de fleurs – et un autre sur le corps, où se détache l'inscription « Blackwidow », en souvenir d'une femme qu'il a aimée. Greg, puisqu'il s'agit de lui, se fraie un passage à travers la foule, à la recherche de Raff, son ami et grand frère d'adoption. Il aperçoit Florence de loin, mais la salue à peine. « Ne la calcule surtout pas… », se dit-il en poursuivant son chemin dans la salle. À la différence de Raff, sa patience est depuis longtemps épuisée : il ne veut plus être mêlé aux intrigues de la glameuse, fût-ce par un simple regard.

Assise sur un tabouret au bout du comptoir, Florence présente Raff à Stéphanie. Comment introduit-elle l'ancien chanteur des Libertin'Lips à la trésorière de Life for Paris ? Sûrement pas comme le meilleur ami de Greg et de Manu. La styliste n'a aucun intérêt à évoquer ces deux figures des années Gibus. Il suffirait que Stéphanie glisse : « Greg m'a dit qu'il se remettait bien de ses blessures du Bataclan », pour que Raff fronce les sourcils : « Quelles blessures ? Quel Bataclan ? » ; ou que lui-même commence à parler de Manu pour que la trésorière comprenne aussitôt qu'il n'est pas – et n'a jamais été – le petit ami de Flo ; ou pire encore, que Greg se joignent à eux pour que Stéphanie comprenne que Blackwidow Grib est simplement le décalque fictif de cet homme.

Pourquoi Florence réunit-elle ces personnes dans une même salle de concert ? Pour que son rêve s'incarne enfin sous ses yeux ? Ou peut-être la glameuse en a-t-elle assez de son imposture. Plus d'un an et demi déjà. En cette soirée de juin où les Bouncing Bones se produisent au Feelgood, prend-elle des risques inconsidérés pour précipiter la fin de la comédie ? Se laisse-t-elle convaincre par ses mensonges au point d'en ignorer les faiblesses ?

Chapitre 46

Le mystère Sanenco

Les relations entre Florence et la présidente de Life for Paris s'enveniment au fil de l'été. La salariée sait que ses jours sont comptés au sein de l'association, comme elle le rappelle à son responsable, Arthur D. : « J'ai eu confirmation que [je ne] serai pas prolongée à la fin de l'année. Je m'en doutais vu l'ambiance avec [la présidente]. Je sais qu'elle fait tout pour me faire chier au niveau du boulot. […] Je ne démissionnerai pas, si c'est cela qu'elle cherche. Je vais commencer à postuler ailleurs à partir de septembre. Si j'ai besoin de lettres de recommandation, tu pourras me les faire ? » Florence attend sans doute qu'Arthur la retienne par le bras, mais le jeune polytechnicien se contente de répondre qu'il est disposé à lui fournir ces documents. La styliste s'essaie alors à la surenchère : « Je commence à saturer. […] Je vais prendre rendez-vous avec l'inspection du travail si [la présidente] ne se calme pas. »

Comme ses plaintes et ses menaces demeurent sans effet, elle finit par demander quelques jours : « Là, je ne suis vraiment pas bien du tout. Pour éviter un arrêt maladie, je préfère prendre mes congés. » Arthur accède à sa requête sans exiger plus de précisions. Mais Florence, elle, a besoin de s'épancher : « En plus, je suis sur le point de me séparer. Tout ça n'est pas facile à gérer. Le partenariat avec All Access tient toujours, même si je me sépare de Manu. Tu sais, j'ai rencontré quelqu'un d'autre, qui, lui, est présent. Quand je vais pas bien, je peux le voir souvent. La distance entre Manu et moi a eu raison de notre relation. J'avais besoin d'une présence au quotidien. » Elle a aussi parlé de cet homme à Stéphanie. Il s'agirait d'Orel, l'ingénieur du son du Dr Feelgood. Ils doivent s'entourer de discrétion tant que sa rupture avec Manu n'est pas officielle. Cette relation est d'ailleurs si discrète que le principal intéressé, Orel, n'en a pas connaissance.

Loin du Feelgood et de ses concerts, la présidente de Life for Paris poursuit ses recherches sur Greg, en quête d'une preuve susceptible de confirmer son intuition, à savoir que cet homme n'est qu'un fantôme numérique. Lasse de tourner en rond, elle se résout à demander son nom de famille à Stéphanie. La trésorière de l'association relaie discrètement sa demande auprès de son « amoureux » – sans s'inquiéter des motifs de cette recherche –, et lui apporte une réponse quelques jours plus tard : il s'appelle Grégory Sanenco. Ce nom de famille n'est pas celui de l'ancien batteur des Libertin'Lips, qui porte un patronyme à consonance espagnole. La présidente découvre bientôt qu'il n'existe aucune occurrence de « Grégory Sanenco » sur le Net. À croire que ce nom a été choisi pour cette raison.

Chapitre 47

Le cabinet du docteur G.

Depuis le début de l'année, l'adresse d'un médecin psychanalyste, le docteur G., circule parmi les adhérents de Life for Paris. Plusieurs dizaines de survivants se rendent dans son cabinet, au rez-de-chaussée d'un immeuble haussmannien, près des jardins du Trocadéro, dans une rue en coude où les Tesla et les Mini Cooper roulent au pas. Certains souffrent d'insomnie et de troubles intestinaux, d'autres de bégaiement et d'hyper-vigilance, d'autres encore d'anxiété ou de pertes de concentration.

Florence prend rendez-vous chez ce médecin à la fin du mois de juillet. À quel titre espère-t-elle recevoir des soins ? En tant que proche d'un rescapé du Bataclan ? Quitte à être la seule patiente du cabinet à afficher ce statut ? Sans aucune prudence, elle indique au docteur G. être une victime directe du 13 novembre. Peu importe que ce médecin entretienne d'étroites relations avec les membres de Life for Paris, à commencer par la présidente.

Le 4 septembre 2017, devant la porte de ce cabinet, Florence tombe nez à nez avec une adhérente de l'association. Celle-ci, étonnée par cette rencontre, s'en ouvre au conseil d'administration. Ce renseignement ouvre une piste inédite pour les bénévoles. Si certains commençaient à se poser des questions sur l'existence de Greg, aucun d'entre eux n'avait imaginé que la styliste puisse elle-même être répertoriée comme victime auprès de la police et du Fonds de garantie. Ils savent désormais dans quelle direction chercher.

Le « Facebook Safety Check » de Florence est vite retrouvé. Ce dispositif, conçu pour rassurer les proches en cas de catastrophe naturelle, a été déployé pour la première fois en France dans le cadre des attentats du 13 novembre. Cinq millions de personnes l'ont utilisé au cours de cette nuit. Parmi elles, Flo. L'habitante du Val-de-Marne a indiqué être « en sécurité pendant les attaques », précisant même à l'une de ses amies : « T'inquiète, je devais sortir ce soir mais j'annule ! »

À la demande du staff de Life for Paris, plusieurs administrations acceptent d'effectuer des vérifications. En une seule soirée, les découvertes se multiplient. Aucun « Grégory Sanenco » ne figure sur la Liste unique des victimes (LUV) établie par le parquet de Paris. En revanche, le nom de Florence M. y est inscrit en toutes lettres. Quant au Fonds de garantie, il confirme l'avoir indemnisée à hauteur de vingt-cinq mille euros. Avant d'en savoir plus, l'équipe de Life for Paris décide de ne rien laisser paraître de ces révélations à la salariée.

Chapitre 48

Enquête préliminaire

Le staff de l'association réunit au plus vite les éléments prouvant que Florence M. ne se trouvait pas au Bataclan le soir du 13 novembre. Il les transmet au Fonds de garantie, qui avertit lui-même la section antiterroriste du parquet de Paris. Avant d'ouvrir une enquête – et pour éviter d'inquiéter inutilement une rescapée –, les magistrats sollicitent les services de police afin de recouper quelques informations.

La demande surprend la brigade criminelle au milieu d'un déménagement. À la fin de l'été 2017, après avoir quitté le 36 quai des Orfèvres, les enquêteurs ouvrent leurs cartons au Bastion, le nouveau siège de la police judiciaire de Paris. Le patron de la brigade criminelle confie le dossier à l'unité « V13 », dont les investigations sont exclusivement consacrées aux victimes du 13 novembre. Depuis près de deux ans, ils s'emploient à centraliser les témoignages des survivants, les enregistrements de vidéosurveillance et toutes les communications dans le secteur des attentats. Ils constatent sans mal que le portable de Florence M. n'émet aucun signal près du Bataclan le soir des attaques. Quant à ses connexions Facebook, elles indiquent que le 13 novembre au matin, la styliste se trouvait à Lorient. Une fois confirmés, ces éléments sont renvoyés à la section C1 du parquet, en charge de la lutte antiterroriste.

Flo ignore tout de ces démarches. Si l'équipe de Life for Paris se montre équanime avec elle, certains adhérents ne bouillent pas moins intérieurement. « Je pourrais lui casser la gueule ! », s'indigne l'un d'eux sur leur groupe de discussion Messenger. Mais c'est sûrement pour Stéphanie que la situation est la plus pénible. La trésorière de l'association a perdu à la fois une amie proche et un amoureux – puisqu'il faut désormais envisager que Blackwidow Grib soit un fantôme numérique animé par Florence. Stéphanie avoue à son entourage « avoir des envies de meurtre ». Mais elle garde son sang-froid, continuant à dialoguer sans rien laisser paraître avec la salariée de Maisons-Alfort et le survivant établi en Californie.

Loin de s'inquiéter, Flo voit au contraire son avenir s'éclaircir à Life for Paris. Au début du mois de septembre, quatre membres du conseil d'administration – dont la présidente qu'elle redoute tant – ont présenté leur démission. « Après deux années passées à vos côtés et une longue réflexion, [nous] avons décidé de tirer notre révérence, expliquent-ils. […] Nos états de santé se dégradent, nos relations familiales ont été trop longtemps mises au second plan, nous estimons […] qu'il est possible et important que d'autres puissent prendre le relais. » Arthur D., le responsable direct de Florence, est nommé président. La styliste, qui pense entretenir d'excellentes relations avec lui, confie à une bénévole : « Je vais peut-être enfin pouvoir renouveler mon CDD en décembre. Et pour les projets d'événementiel, on sera plus libres. […] On va faire beaucoup plus de choses. »

À la mi-septembre, la section antiterroriste de Paris fait parvenir le dossier de Florence M. au parquet de Créteil, compétent sur l'ensemble du Val-de-Marne, où est domiciliée la styliste. Les magistrats cristoliens, conscients du caractère sensible de cette affaire, l'étudient avec une attention particulière. « Quand un dossier vient de la section antiterroriste de Paris, on est attendus au tournant, reconnaît l'un d'entre eux. Les fausses victimes suscitent une indignation unanime sur l'ensemble de la chaîne pénale. Tout le monde, sans exception, perçoit ce genre d'imposture comme un coup de canif dans le contrat social. »

Le 21 septembre, le parquet du tribunal de grande instance de Créteil ouvre une enquête préliminaire sur Florence M. des chefs d'escroquerie aggravée et de faux. L'affaire est confiée à la police judiciaire du Val-de-Marne, le SDPJ 94. Les enquêteurs demandent aussitôt au staff de Life for Paris de ne rien changer à ses habitudes. Moins la styliste de Maisons-Alfort en saura, plus efficace sera la procédure. Ils insistent aussi auprès de Stéphanie pour qu'elle ne manifeste aucune inflexion dans ses échanges avec Blackwidow Grib.

Les membres du conseil d'administration remarquent qu'un des enquêteurs, Éric R., prend sa mission particulièrement à cœur. Le 16 février 2016, c'est ce brigadier-chef du SDPJ 94 qui avait reçu la plainte de la styliste en qualité de victime du Bataclan, alors qu'elle portait encore un bracelet électronique.

Chapitre 49

Association de fausses victimes

En étudiant le compte Facebook de Florence, les bénévoles de Life for Paris constatent qu'elle est encore en relation avec Audrey, la jeune mère en béquilles, et Cédric, l'ancien ambulancier sur lequel une enquête est en cours. « Ils vont monter une association de fausses victimes ? », plaisante un membre du conseil d'administration pour masquer son malaise. La direction de Life for Paris est désormais persuadée que Florence a averti les deux imposteurs que des soupçons pesaient sur eux. Il y a plus d'un an, Audrey a opportunément évité une convocation au siège de l'association, où les bénévoles prévoyaient de la confronter à ses mensonges. Quant à Cédric, il s'est éclipsé au moment où les gendarmes de Noisy-le-Roi établissaient sa culpabilité avec certitude. Selon les membres de l'association, seule la styliste a pu les renseigner.

Chapitre 50

Contre-infiltration

Florence est convaincue que la nouvelle direction lui est favorable. Elle doit pourtant déchanter au début de l'automne. « Tu es toujours satisfait de mon boulot, j'espère, car j'ai un peu l'impression d'être transparente à l'association… », écrit-elle à Arthur D., qui dirige désormais Life for Paris. « Aucun souci, lui répond-il, ça me va très bien. » Le jeune polytechnicien organise en réalité une « contre-infiltration ». Il laisse l'enquête judiciaire suivre son cours, mais veut savoir ce que fait la styliste au nom de l'association. À qui envoie-t-elle des mails ? Comment se présente-t-elle à l'extérieur ? Quelle est son attitude avec les adhérents ?

L'équipe de Life for Paris avertit ses partenaires institutionnels, comme François Vauglin, le maire du 11e arrondissement, ou Élisabeth Pelsez, la déléguée interministérielle à l'aide aux victimes. Les membres du staff demandent à récupérer les messages que Florence leur envoie. Ils s'arrangent aussi pour l'écarter des réunions importantes. L'intéressée, toujours attentive à son image, le remarque aussitôt : « Si je te dis que je ne suis pas contente, tu me crois ? fulmine-t-elle dans un message adressé au président. J'apprends qu'il y a une réunion à la mairie du 11e et que je ne suis pas conviée… […] Je trouve ça assez fort quand même. […] À part faire des fichiers Excel, je ne sers à rien ! » Arthur lui assure au contraire qu'elle est « hyper utile ».

Flo ne se décourage pas et essaie de reprendre la main. Elle réussit à entrer en relation avec Sonya Djemni-Wagner, la conseillère du président de la République pour les questions de justice. À la fin du mois d'octobre, elle annonce fièrement aux bénévoles qu'elle a décroché un rendez-vous à l'Élysée. La nouvelle suscite une certaine confusion dans les rangs du staff. Comment participer à cette rencontre sans emmener Florence ? « C'est juste une présentation de l'association, on va y aller en comité réduit, finit par lui expliquer Arthur. Et puis, les cheveux roses, ça ne passera pas à l'Élysée… » Elle se range docilement à cette décision, mais n'en pense pas moins. « Je ne suis pas assez bien pour aller aux réunions et organiser quoi que ce soit, se désole-t-elle auprès de Stéphanie. […] À chaque fois, on me ment, je ne suis plus crédible sur l'événementiel. [La conseillère justice à l'Élysée] a demandé pourquoi je n'étais pas là. Je me suis d'ailleurs excusée auprès d'elle. Je passe pour une conne aux yeux de tous nos partenaires et aussi aux yeux des adhérents. […] Je fais juste les petits boulots de merde. »

Contrairement à ce qu'elle avait espéré, son contrat ne sera pas renouvelé à la fin de l'année. En attendant son départ, Life for Paris a même embauché une salariée à plein temps, Cécile B. Comme Florence, cette femme n'est pas une survivante. Formée par Françoise Rudetzki, la fondatrice de SOS Attentats, elle est familière des associations de victimes. À Life for Paris, Cécile se montre aussitôt alerte et organisée dans son travail. Elle ne présente aucun des symptômes qui fragilisent d'ordinaire les rescapés – et dont la styliste a su profiter pour installer son imposture. À défaut de l'affaiblir, Florence entreprend de se concilier ses bonnes grâces, d'autant qu'elle travaille désormais sous sa coupe. « Très bons contacts et échanges avec Cécile, signale-t-elle à Arthur. Ça me reboooste un peu le moral. […] Je suis ravie de bosser avec elle. Elle est géniale. »

Comme les autres membres de l'équipe, Cécile sait qu'une enquête est en cours. Avec discrétion, elle tient Florence à l'œil, redoublant de vigilance à l'approche des commémorations du 13 novembre, période à laquelle les échanges avec les partenaires de l'association s'intensifient. Il devient alors urgent de récupérer les codes d'accès au fichier des adhérents, jusqu'ici le domaine exclusif de Florence. L'intéressée lambine. Cécile revient à la charge plusieurs fois. Flo finit par lui livrer son mot de passe : « London89 ». À Life for Paris, personne ne connaît le sens caché de ce code, lié au séjour de Florana dans un squat londonien à la fin des années 1980.

Ce mot de passe, la styliste l'a placé au centre de son existence. « London89 » incarne la nostalgie d'une époque où elle vivait loin de sa famille et près de ses idoles, les musiciens de Libertin'Lips. Même adresse, mêmes concerts, mêmes fêtes. Elle était heureuse de se trouver à leurs côtés, mais il lui manquait quelque chose. Ses héros ne la considéraient pas. Sa présence était facultative, sinon importune. Un autre monde est alors né au fond son esprit, un squat déformé, qui répondait davantage à ses attentes et à ses caprices. Manu, fou d'elle, rêvant de l'épouser. Elle, juive comme lui, couchant avec Greg pour fuir la sollicitude de ce guitariste impulsif. Et enfin Manu la battant par jalousie.

Cette fiction fondatrice est demeurée inchangée dans le temps. Depuis la fin des années 1980, d'une imposture à l'autre, « Manu son mec » et « Greg son amant » jouent la même partition, dans le monde réel comme dans le monde des octets, investissant les derniers replis de son intimité.

Dans les bureaux de Life for Paris, Cécile, enfin en possession du mot de passe, explore le fichier des adhérents. Elle découvre une liste chaotique, où les survivants du 13 novembre se mêlent à des tourneurs, des responsables de label rock, des propriétaires de bars ou de salles de concert. Florana semble avoir convié toute la scène glam dans l'association pour exhiber sa réussite, celle d'une salariée adorée par des centaines de rescapés. Dans l'espoir de réconcilier ces deux époques, elle a même sollicité l'ancien manager des Teasin'Babes et des Sleazy Angels – un ami proche de Greg et de Manu –, s'exposant une fois encore au risque d'être percée à jour.

Cécile retire aussitôt les glameux du fichier. En livrant son mot de passe, Florence perd sa dernière prérogative au sein de Life for Paris.

Chapitre 51

Le pendentif Swarovski

« Ce qui me réconforte, c'est que mes potes de longue date, eux, reconnaissent mes capacités. [Les gens] du Feelgood et tous ceux qui sont de la partie savent que je peux faire du bon boulot. » Florence veut montrer à Arthur qu'elle a le vent en poupe sur la scène rock. Il est vrai qu'au Feelgood on apprécie son travail – avec les LFP Sessions –, mais aussi sa personnalité. Le gérant la trouve « sympa ». Quant à Hervé, un habitué du bar, il aime évoquer le temps des soirées Gibus avec elle autour d'une bière. Il a l'impression que Florana a changé. Ellc est moins arrogante. Et son engagement auprès des victimes force l'admiration.

Avec l'ingénieur du son, Orel, son amoureux présumé, Florence joue une partie serrée, le cercle du Feelgood étant restreint. À Stéphanie, elle demande une absolue discrétion. « Les gens sont des langues de pute dans le milieu du rock », lui explique-t-elle. Pour garantir un effet de réalité, elle précise que Raff, l'ancien chanteur des Libertin'Lips, a repéré son manège avec Orel lors de son passage au Feelgood, en juin dernier. « Je sais que vous mijotez un truc tous les deux », l'aurait-il prévenue. Florence sait qu'il n'en dira rien à Manu. Raff et elle se tiendraient par leurs secrets. Orel, lui, serait « embêté » qu'on les ait découverts. « Chouchou », ainsi qu'elle le surnomme, ne lui aurait pas moins offert un « super pendentif Swarovski » en forme de chaton.

La styliste dit être courtisée par d'autres hommes : « Tu crois que l'automne fait le même effet aux mecs que le printemps ? demande-t-elle à Stéphanie. Je les trouve bien excités en ce moment. [...] Le barman du Feelgood Bastille a tenté [sa chance]. Et [...] le batteur des High School [groupe de metal] m'envoie message sur message. Purée, qu'est-ce qu'ils ont ? »

À la mi-octobre, Flo et Stéphanie organisent la rentrée des LFP Sessions au Feelgood. Deux groupes de rock sont à l'honneur. L'un d'entre eux, The Flying Pigs, compte plusieurs adhérents de Life for Paris dans ses rangs. Le concert est une réussite, mais les musiciens s'étonnent de la répartition des gains entre l'association et le bar. « Sur les entrées, c'est 50 % pour les groupes et 50 % pour le Feelgood, ce qui permet de payer l'ingé son [Orel], se justifie la styliste auprès d'un membre des Flying Pigs. C'est un partenariat entre moi et eux. La base du truc, c'est de permettre aux groupes de jouer, de se réapproprier la scène et le public. » Depuis plusieurs mois déjà, les LFP Sessions sont dans le collimateur du conseil d'administration. La consommation d'alcool y est jugée excessive et le Feelgood profiterait de conditions trop avantageuses. Peu après le concert des Flying Pigs, il est décidé de mettre fin aux LFP Sessions, au grand dam de Flo.

Les jours suivants, voyant approcher la fin de son contrat, elle affirme à Arthur être à la recherche d'un travail : « Je vais me renseigner sur les possibilités avec Pôle emploi sur les différents contrats aidés. [...] Je reprends [aussi] le booking de dates [pour les groupes de musique]. » Elle explore de nouvelles pistes, mais n'a visiblement pas l'intention de renoncer à l'association : « Même si mon contrat n'est pas prolongé, je reste bénévole, indique-t-elle au président. [...] Et s'il y a une possibilité, je reviendrai au conseil d'administration. »

Chapitre 52

Survivants au carré

Le 27 octobre 2017, à son retour de Nouvelle-Calédonie, Cédric R. est appréhendé à l'aéroport de Roissy. L'ancien ambulancier est déféré devant un magistrat puis placé en détention provisoire dans l'attente de son procès, renvoyé en décembre. Cette arrestation assombrit l'humeur de Florence. À une adhérente qui lui propose de boire un verre au Pure Malt pour fêter l'interpellation de l'imposteur, elle répond : « Pas trop envie. [...] M'en bats les steaks de Cédric et de tout le reste. »

Tenue à l'écart de l'association, il ne lui reste que le Feelgood. À la mi-novembre, elle a justement l'opportunité d'y organiser une dernière soirée sous la bannière de Life for Paris. Un événement avec les Eagles of Death Metal. Le groupe américain est à nouveau présent dans la capitale pour célébrer le deuxième anniversaire des attentats. Jesse Hughes et Dave Catching donnent un concert surprise devant la mairie du 11e arrondissement, avant de rallier le Feelgood à la nuit tombée, grâce aux bons soins de Florence.

La styliste l'ignore, mais au lendemain de ces commémorations, le 14 novembre, l'équipe de Life for Paris apprend qu'une adhérente, Alexandra D. – surnommée la Castafiore pour son exubérance –, ne se trouvait pas au Carillon le soir de l'attaque. En témoignent plusieurs reportages audiovisuels retrouvés par une journaliste de l'AFP. Des sujets tournés peu de temps après les attentats. Alexandra y raconte sa nuit du 13 novembre : « J'avais rendez-vous au Carillon, mais j'ai dit que je ne venais pas. [...] Le problème, c'est que je n'avais prévenu personne, donc tout le monde pensait que j'étais au Carillon. Et je ne répondais pas au téléphone. Mes parents sont allés à l'hôpital Saint-Louis pour voir s'il n'y avait pas mon corps. »

Quelques jours après l'attaque du bar, la jeune femme présente une autre version à Life for Paris. Elle prétend avoir essuyé un tir de kalachnikov, exhibant une blessure au bras, due en réalité à une chute du haut d'un tabouret. Pétillante et fêtarde, la Castafiore devient rapidement une habituée des « apéros-thérapies ». Comme Cédric R., elle occupe le devant de la scène. Comme l'ancien ambulancier, elle porte un tatouage rappelant sa condition de rescapée. Le sien, qui s'étend de l'aisselle au coude, représente le blason de Paris frappé de la devise : « *Fluctuat nec mergitur*[7]. »

7. La devise « *Fluctuat nec mergitur* », qui signifie en latin : « Il est battu par les flots, mais ne sombre pas », est devenue un symbole de résistance au terrorisme après les attentats du 13 novembre 2015.

Dans les rangs de Life for Paris, certains trouvent Alexandra amusante et théâtrale, d'autres impudique et autocentrée. La Castafiore leur raconte sa soirée du 13 novembre avec tant de conviction que ceux dont la mémoire vacille s'en remettent à elle pour les détails. Sa description des attentats, en plus d'être curieusement précise – comme celle de Florence et de Cédric –, est jalonnée de faits mortifères. Sous la mitraille, le corps d'un homme sans vie lui serait tombé dessus. Deux de ses proches seraient par ailleurs décédés à ses côtés – elle aurait même organisé les funérailles de l'un d'entre eux.

Auprès des institutions, la Castafiore fait âprement valoir ses droits. Elle se bat pendant près d'un an en vue d'obtenir un dégrèvement d'impôt sur les indemnités que lui verse la Sécurité sociale pour un arrêt maladie. « J'ai eu une lettre des impôts, annonce-t-elle sur le forum de Life for Paris quelques jours avant d'être démasquée. Remboursement total… Surprise ! Comme quoi faites-le ! P-.S. : Non, je ne paye pas vos bières ! »

La découverte de son imposture conforte le conseil d'administration dans son intuition : les fausses victimes se ressemblent étrangement. Ce sont toujours des adhérents revendicatifs, qui affichent leur souffrance sans pudeur, réclament haut et fort des égards et relancent compulsivement le Fonds de garantie pour percevoir leurs indemnités. « Ils demandent plus d'attention et d'énergie que les autres », résume un membre du staff en apprenant l'usurpation de la Castafiore. L'association passe discrètement au crible tous les rescapés correspondant à ce profil. « On est surtout là pour aider les gens, donc c'est dur [d'être suspicieux], confie le président de l'association à une adhérente. Mais je ne laisserai personne arnaquer les victimes. Donc je ne tremble pas. »

Les membres du staff se penchent alors sur le cas de Jean-Luc B., l'athlète aux mains baladeuses. Le jeune homme correspond en tout point au portrait type des fausses victimes. Comme Cédric, Florence ou Alexandra, il brode à l'envi sur sa culpabilité de survivant, menace de mettre fin à ses jours, donne volontiers des interviews à la presse et sollicite sans relâche le Fonds de garantie. Jean-Luc aurait par ailleurs eu une liaison avec la Castafiore. L'idylle se serait mal terminée. L'athlète lui aurait volé des vêtements dans son appartement. Depuis cet épisode, ils ne s'adressent plus la parole.

Une poignée d'affabulateurs risquent de « remettre en cause la légitimité de l'ensemble des victimes blessées psychiquement », s'inquiète une adhérente. Si l'arrestation de Cédric est passée relativement inaperçue, son procès promet de faire grand bruit, tant l'ancien ambulancier s'est répandu dans les médias, racontant son expérience à l'AFP, *Libération*, *Sud-Ouest*, RFI ou encore à la Radio télévision belge francophone (RTBF).

En novembre 2015, la notion de fausse victime d'attentat n'existait pas encore. Seules quelques impostures avaient marqué les esprits. Dans un livre à succès, Bruno Grosjean, musicien suisse, avait menti sur son enfance, décrivant son internement dans des camps nazis. Avant d'être démasqué, plusieurs critiques l'avaient comparé à Primo Levi et Anne Franck. Une écrivaine belge, Misha Defonseca, s'était quant à elle présentée comme une rescapée de la Shoah. À la recherche de ses parents, elle prétendait avoir traversé l'Europe à pied. Son récit était inventé, tout comme sa judéité.

Ce n'est qu'en 2017 que le thème des fausses victimes s'impose dans la conscience collective. Le Fonds de garantie recense alors une dizaine de dossiers frauduleux. Les audiences de Laura O., la préparatrice en pharmacie, et de Cynthia T., la rappeuse camerounaise, ont déjà été abondamment relayées par la presse.

Mais c'est un autre cas, plus rocambolesque, qui achève de frapper les esprits. Il met en scène un couple d'origine serbe habitant en région parisienne. Dans les jours qui suivent le 13 novembre, ils font valoir leurs droits en tant que victimes du Stade de France. Percevant trente mille euros chacun, ils estiment avantageux, huit mois plus tard, de se porter à nouveau candidats pour l'attentat de Nice. Comme la plupart des faux rescapés, ils se plaignent constamment des délais excessifs d'indemnisation. Ces « survivants au carré » font tiquer le Fonds de garantie, qui relaie ses doutes auprès du ministère public. Après deux comparutions devant les tribunaux – la première fin 2016, la seconde au printemps 2017 –, le couple est très lourdement condamné pour escroqueries aggravées.

La direction de Life for Paris, loin de se draper dans son indignation, reconnaît dans ces impostures un effet pervers de la bienveillance dont bénéficient par ailleurs les victimes. « Nous portons une part de responsabilité car, depuis le début, nous avons souhaité que le dépôt de plainte soit hyper facile », rappelle Arthur D. Le président de l'association admet qu'être victime « confère une grande autorité ». Leur parole « devient sacrée, quasi oraculaire », ajoute-t-il. « C'est peut-être cette sacralité qui suscite les "fausses victimes". Elles sont attirées par l'exposition médiatique, l'élan de solidarité et/ou la perspective d'une indemnisation conséquente – et bien souvent les trois. La frontière entre mythomanie, escroquerie et misère sociale est souvent floue[8]. »

Une adhérente de la première heure estime quant à elle que ces impostures trouvent leur origine dans une inextinguible soif compassionnelle : « Ces fausses victimes, c'est nous qui les créons, analyse-t-elle. Lorsque, au lendemain des attaques, la presse, la population n'avaient qu'une seule envie, savoir ce que nous venions de vivre, peu de victimes étaient en capacité d'en parler [en dehors des imposteurs]. À défaut de devenir quelqu'un, ces derniers ont pu se faire connaître à partir d'un mensonge. »

8. Arthur Dénouveaux, Antoine Garapon, *Victimes, et après ?*, Tracts Gallimard, 2019.

Chapitre 53

Un incroyable talent

L'enquête du SDPJ 94 sur Florence est longue et minutieuse. À la mi-novembre, les policiers du Val-de-Marne ne sont pas surpris de voir leur « objectif » relancer le Fonds de garantie. À l'image des autres imposteurs du 13 novembre, Florence ne transige pas sur les droits qui lui sont dus en tant que victime. Une psychiatre ayant jugé son état « non consolidé » au printemps dernier, la styliste attend de nouvelles indemnités, en plus des vingt-cinq mille euros déjà reçus. Le Fonds de garantie s'arrange pour temporiser sans lui verser de nouvelle provision.

À la fin du mois de novembre, au cours de l'émission « La France a un incroyable talent » sur M6, un lycéen présente une chanson qu'il a écrite en hommage à « Alexandre », un ami décédé au Bataclan. « Le problème est qu'aucun Alexandre n'est mort au Bataclan », remarque le président de Life for Paris dans une lettre adressée au CSA. Flo Kitty lui emboîte le pas sur Facebook, avec plus de virulence : « BULLSHIT ! Tout ça pour faire de l'audimat, c'est répugnant de se servir des événements tragiques […] pour essayer de sortir de l'ombre… Il n'y a pas d'Alexandre sur la liste des personnes décédées… Poignant hommage, *no way*… Gros mytho complètement ! Dégoûtée, révoltée et en colère ! »

L'auteur de la chanson tente de se défendre sur les réseaux sociaux. Son ami décédé ne s'appellerait pas Alexandre. Il aurait changé son nom pour des « raisons personnelles ». « De toute manière, ajoute-t-il, tous les noms ne sont pas listés. […] Et des corps n'ont pas été reconnus. » Ce message, qui suscite de nombreux commentaires sur le même thème, oblige Arthur D. à clarifier les choses : « Contrairement aux théories conspirationnistes nauséabondes qui se répandent, aucun mort n'a jamais été caché par les autorités, précise-t-il dans sa missive au CSA. […] Les attentats du 13 novembre 2015 se sont déroulés il y a plus de deux ans et nous constatons de plus en plus que les médias en font un récit imprécis et désincarné auquel chacun cherche à se raccrocher en fonction de son agenda personnel. » Florence partage aussitôt ce texte sur Facebook. Quant au jeune auteur de la chanson, confronté à ses mensonges, il finit par reconnaître que son « ami du Bataclan » n'a jamais existé.

Chapitre 54

Chouchou, c'est fini

Grâce à son projet caritatif, Manou Willshire semble avoir recueilli une somme importante au profit de Life for Paris. La direction de l'association demande à Florence que ces fonds lui soient remis. La salariée demeure évasive, ses « relations avec Manu étant devenues compliquées ». Un jour, il lui fait une crise de jalousie. Un autre, il a un accident de voiture. Un autre encore, il a trop bu.

Au milieu de l'automne, le conseil d'administration la met au pied du mur. Si de l'argent a été récolté au nom de Life for Paris, il doit lui être versé au plus vite. Florence annonce alors qu'elle a rompu avec le bassiste. « Manu m'a tapé un sketch, laisse tomber, précise-t-elle à Stéphanie. Je l'ai bloqué sur mon téléphone. Il a été assez méchant. Pas trop envie de me faire insulter. J'ai bien fait quand tu vois sa réaction : ce que je me suis pris dans la tronche… » Stéphanie – qui se comporte toujours avec elle comme si de rien n'était – lui fait une réponse légère, observant que son amant du Feelgood, Orel, est bien mieux. « Oh que oui, approuve la styliste, c'est une crème. »

Provisoirement tirée d'affaire avec le butin caritatif, elle s'invente aussitôt des difficultés avec son nouvel amoureux. Au début du mois de décembre, après avoir suivi la tournée d'un groupe de metal – les High School Motherfuckers –, elle confie à la trésorière qu'Orel l'a quittée : « Je me suis fait larguer par Chouchou… Il est en colère. J'ai un peu fait la conne en tournée et il l'a appris. » La glameuse aurait eu une aventure avec Olivier, un membre du groupe. « Mon iPad était chez Chouchou, explique-t-elle à Stéphanie. Quand je reçois des messages privés [sur Facebook], ils s'affichent, truc con… Et quand je suis rentrée [de tournée], il était au courant. C'est de ma faute. De une, je n'avais pas à oublier mon iPad, et de deux, je n'aurais pas dû coucher avec Olivier. Je l'ai fait sans penser aux conséquences. En plus, depuis, il ne me lâche plus. Il n'arrête pas de m'envoyer des messages, comme quoi il m'adore, que je suis top… La merde, quoi… »

Tribunal de grande instance de Créteil

12e chambre correctionnelle

Le 13 mars 2018

Suite du rapport d'expertise psychologique [de Florence M., entretien réalisé à la maison d'arrêt de Fresnes].

Madame M. n'a pas d'enfant et a subi deux avortements : un à vingt-huit ans et un à trente-deux ans. Elle se souvient très bien du second avortement. Son compagnon avait fait une cure de réhabilitation. Ils étaient partis deux mois dans le Cantal. À l'annonce de la grossesse, il avait répondu : « J'en veux pas, si tu le gardes, je te quitte. » Elle s'est rendue toute seule sur le lieu de l'intervention, et est rentrée le soir. [...] Depuis, elle a subi une hystérectomie (à quarante ans). [...]

Madame M. évoque un abus sexuel (notre interlocutrice confiera que personne n'est au courant). Alors qu'elle a trente-neuf ans, une connaissance l'aurait plaquée sur le dossier du canapé sur lequel ils étaient assis (elle précise qu'elle était en djellaba et qu'elle venait de prendre sa douche). Il l'aurait forcée à lui faire une fellation, puis l'aurait forcée [à aller plus loin]. Elle a eu peur qu'il ne recommence. Elle nous a fait part du contexte. Il était malade des reins. Ils étaient dans une cité. Elle avait peur des grands frères.

Chapitre 55

Une personne plus importante

Le procès de Cédric R. s'ouvre le 1er décembre 2017 au Tribunal de grande instance de Versailles. Il est jugé pour tentative d'escroquerie au préjudice du Fonds de garantie. Aucun membre de Life for Paris n'a fait le déplacement. Il y a déjà un an et demi que l'ancien ambulancier a disparu du paysage de l'association. Les rescapés ont préféré l'oublier.

À la barre, le prévenu fait profil bas. Cheveux courts, gestes respectueux. Cédric revient sur son parcours d'imposteur. Tout aurait commencé quelques jours après sa ruée nocturne vers le Bataclan, lorsqu'il est revenu sur les lieux de l'attaque. Près du mémorial, il aurait spontanément confié à une rescapée qu'il « y était », lui aussi. « Je voulais y être », appuie-t-il devant le tribunal.

Le jeune homme s'est ensuite rapproché de Life for Paris. Il tente de justifier son assiduité dans les rangs de l'association : « C'était une période où je n'allais pas bien du tout, je venais de me faire larguer. Avec ces gens-là, ça s'est inversé. C'est eux qui m'ont aidé, je me sentais bien auprès d'eux, alors j'ai continué à les voir. » Le président du tribunal l'interroge :

– Vous avez surjoué ?

– Je ne surjouais pas, j'arrivais à ressentir cette souffrance.

– Soit vous étiez vraiment en détresse, soit vous êtes un sacré comédien…

– J'étais en détresse. Je m'étais trop enfoncé pour revenir en arrière. Je trouvais un soutien dont j'avais besoin.

L'ancien ambulancier admet avoir aussi menti à ses parents. Son père et ses trois frères sont ingénieurs. Il dit avoir cherché dans la condition de victime « une reconnaissance » qui lui manquait au sein de sa famille : « J'ai essayé de me cacher derrière des mensonges pour paraître une personne plus importante. » Sa mère ajoute : « Tous ses frères ont réussi, sauf lui. » Cédric fond en larmes : « Je suis toujours allé chercher autre part cette affection dont j'avais besoin, dans des mensonges, pour me valoriser, pour mieux paraître. J'ai toujours été obsédé par ça. J'ai toujours eu l'impression d'être à la traîne. »

Pour les experts mandatés par le tribunal, l'ancien ambulancier ne souffre d'aucune pathologie psychotique ni d'aucun trouble psychique. Tout juste notent-ils un « besoin de se valoriser ». Selon eux, Cédric, en proie à « un malaise existentiel », est tombé dans une mécanique mensongère. Ce diagnostic le rend accessible à une sanction pénale. Le jeune homme est condamné à deux ans de prison, dont six mois ferme.

Chapitre 56

Bois-d'Arcy

Les enquêteurs du SDPJ 94 se rendent à la maison d'arrêt de Bois-d'Arcy pour entendre Cédric. Ils cherchent à savoir pourquoi l'ambulancier a échangé autant d'appels avec Florence au début de l'été. Le détenu apporte des réponses évasives aux policiers. Il assure n'avoir jamais soupçonné la styliste d'être une fausse victime. Les enquêteurs lui font signer son procès-verbal et quittent la maison d'arrêt.

Ils ont d'autres faits à établir. Et le temps presse. Chaque jour, les membres du conseil d'administration sont contraints de jouer la comédie avec Florence. La trésorière doit surtout poursuivre sa correspondance sentimentale avec Greg. L'enquête lui paraît sans fin. Le groupe du SDPJ 94, pourtant, ne ménage pas ses efforts. Recueil des certificats médicaux, recensement des communications, réquisitions bancaires. Chaque délit doit être caractérisé. Et ils sont légion. La styliste est non seulement soupçonnée d'escroquerie ou de tentative d'escroquerie au préjudice du Fonds de garantie, de la Caisse primaire d'assurance maladie et des logements sociaux de la Ville de Paris, mais aussi de faux et d'abus de confiance – pour avoir détourné des documents appartenant aux membres de l'association, parmi lesquels une place de concert pour le Bataclan. Le parquet de Créteil veut démontrer que la glameuse, loin d'avoir obéi à une simple impulsion, a avancé avec minutie et persévérance dans son imposture.

Si la création de faux profils Facebook est mentionnée dans son dossier, elle ne fait pas l'objet de poursuites judiciaires. Blackwidow Grib et Manou Willshire ne sont pas au centre de l'enquête. Prouver leur nature chimérique ne changerait rien à la peine encourue par Florence. Les policiers du SDPJ 94 ne s'intéressent pas moins à ces profils fantômes, ne serait-ce que pour répondre aux attentes des rescapés.

Chapitre 57

13onze15

« J'ai reçu ma lettre recommandée [de fin de contrat]... », signale Florence à Arthur au début du mois de décembre. Dans trois semaines, elle ne sera plus salariée de l'association. La styliste se méfie. « La fin de mon contrat, c'est purement économique ? », veut-elle savoir. Le président la rassure : seules des raisons budgétaires interdisent de renouveler son contrat. Florence insiste : « Et avec l'obtention d'aides *via* Pôle emploi, il n'y a pas de possibilités [de rester] ? » Arthur lui explique que la masse salariale de l'association est trop importante pour sa taille. « En fait, la grande perdante, c'est moi dans l'histoire, constate Florence. J'aurais jamais dû accepter d'être salariée. Au moins j'aurais toujours une place dans l'association. Mon job était dix fois plus intéressant quand j'étais bénévole. Et je ne peux pas revenir au conseil d'administration... »

La styliste se résout si peu à l'idée de quitter son emploi qu'elle convoite une place dans une autre association de victimes du 13 novembre : « Je vais essayer de me recaser chez 13onze15 en attendant mieux, indique-t-elle à Arthur. Car ce taff me plaît, j'aimerais continuer. L'association a passé une annonce, je vais contacter Philippe Duperron [le président]. » Le lendemain, Florence demande un service à Arthur : « J'ai envoyé un mail à Philippe Duperron : tu peux me recommander auprès de lui ? » Le jeune polytechnicien promet de lui en toucher un mot. Et il tient parole, appelant aussitôt Philippe Duperron pour l'informer des soupçons qui pèsent sur elle.

Espérant faciliter le cours de l'enquête, le président de 13onze15 accepte de se comporter comme si de rien n'était avec la candidate. Il lui fait passer un entretien à la mi-décembre. La styliste en ressort plutôt satisfaite.

Chapitre 58

Louie Louie

Florence remet un jeu de clefs à Stéphanie à la fin du mois de décembre. C'est le trousseau qui sert à ouvrir le local de l'association. « L'aventure Life for Paris se termine là », constate la styliste. Quelques jours plus tard, elle fait une proposition à Arthur : « Es-tu OK pour que je sois bénévole à l'association ? Je m'ennuie terriblement depuis que je ne bosse plus… » Comme à son habitude, le président godille : « Sur le bénévolat oui. Mais en pratique, on n'a rien à te faire faire en ce moment. » Florence exige des explications :

– J'aimerais comprendre pourquoi je suis autant mise de côté…

– Mais pas du tout, se défend Arthur.

– Mouais… J'avais pourtant l'impression d'avoir été utile toute la période où j'étais bénévole. […] Comprends-moi, je suis déçue. Me retrouver sans rien à faire du jour au lendemain, c'est très dur. J'aurais au moins pensé avoir un petit mot des membres du conseil d'administration, rien…

– Je pense qu'ils sont en vacances.

– J'aurais besoin d'utiliser une dernière fois mon adresse mail Life for Paris pour envoyer mes vœux. Je peux ?
– Vas-y, mais n'envoie rien aux politiques, avertit le président.

Au début du mois de janvier, Florence lui annonce qu'elle n'a pas « eu le poste chez 13onze15 ». « De quoi me saper le moral un peu plus, observe-t-elle. [...] Du coup, j'ai totalement perdu confiance en moi, déjà que c'était pas brillant... » Alors que l'enquête touche à sa fin, le staff de Life for Paris décide de lui organiser un pot de départ pour la rassurer. Une poignée d'adhérents se retrouvent à la pizzeria Louie Louie, dans le 11e arrondissement, à un jet de pierre des bureaux de l'association. Seules cinq ou six personnes font le déplacement. La plupart des membres du conseil d'administration sont absents.

Florence s'assoit face à Marine G., une juriste qui commence son stage à Life for Paris. La jeune femme ne sait rien des investigations en cours. Elle déjeune en discutant sans arrière-pensée avec la styliste, qui se montre égale à elle-même, attentionnée et conciliante. Jamais un mot au-dessus de l'autre. Florence évoque son projet de redevenir agent artistique. Un groupe de metal lui fait déjà confiance, les High School Motherfuckers. La mission lui plaît, même si rien ne vaut le poste qu'elle vient de quitter. À la fin du repas, elle réitère sa proposition de travailler comme bénévole au sein de l'association.

Les membres du staff acquiescent en prenant soin de ne pas s'engager. « Merci pour ce midi, contente de vous avoir tous vus », écrit-elle au président dans l'après-midi, sans se douter de ce qui l'attend.

Chapitre 59

L'arrestation

Le 13 février 2018, au point du jour, Florence est interpellée au domicile de sa mère, à Maisons-Alfort. Placée en garde à vue, elle est conduite au siège de la police judiciaire du Val-de-Marne. Les enquêteurs lui demandent s'ils doivent prévenir un avocat. La styliste, les cheveux en désordre, leur donne le nom de maître M., le conseil qu'elle a sollicité en tant que victime du Bataclan pour des honoraires dérisoires. Lorsque cet avocat répond à l'appel du SDPJ 94, il peine à cacher sa confusion. On lui apprend que Florence M. n'est pas une survivante du 13 novembre, qu'elle est poursuivie pour escroquerie et qu'elle requiert à présent ses services en qualité de fausse victime. Que doit-il faire ? Abandonner cette femme à son sort ? Ou se rendre à Créteil pour la défendre, alors même que son nom apparaît dans la procédure ? Ne risque-t-il pas d'être inquiété pour avoir aidé cette affabulatrice dans ses démarches ? Après un instant d'hésitation, maître M. refuse de prendre ce dossier. Il raccroche et écrit aussitôt au bâtonnier de Paris pour s'exonérer de toute responsabilité.

Dans les bureaux de la police judiciaire du Val-de-Marne, Florence est auditionnée par le brigadier-chef Éric R., qui l'avait entendue deux ans plus tôt, lorsqu'elle était venue déposer plainte comme victime du Bataclan. L'enquêteur connaît le dossier sur le bout des doigts. Ses questions sont rapides et précises. Après quelques arguties, la styliste accepte de reconnaître les faits : elle n'était pas au Bataclan le soir du 13 novembre. « Je n'y étais pas, mais j'aurais pu y être, insiste-t-elle. J'évolue dans ce monde, je connais plein de gens qui y étaient. » Si Florence admet avoir menti sur sa présence dans la salle de concert, elle refuse de céder sur un autre point, pourtant sans conséquences pénales : Greg Sanenco n'est pas un fantôme numérique, il existe et a bien été blessé au Bataclan.

Un enquêteur compose alors le numéro de Stéphanie, la trésorière de Life for Paris. Il lui demande d'envoyer un message à Blackwidow Grib. La jeune chimiste s'exécute. Elle écrit un mot à son « compagnon » sur Messenger : « Coucou, comment ça va ? » Le policier la rappelle quelques minutes plus tard, lui annonçant d'une voix blanche : « Je regrette d'avoir à vous dire que votre message est tombé sur le smartphone de madame Florence M. » Si la trésorière sait depuis plusieurs mois que Blackwidow Grib est une création de Florence, un doute a toujours subsisté dans son esprit. Cette incertitude, fût-elle minime, presque inexistante, lui laissait encore une chance de partir aux États-Unis avec son amie Florence et son amoureux Greg. En cette matinée du 13 février 2018, Stéphanie est

« humiliée », « en colère », mais enfin convaincue que ce voyage n'aura jamais lieu.

Au terme de sa garde à vue, la styliste est déférée devant le procureur de la République, qui décide de la faire juger en comparution immédiate au tribunal de grande instance de Créteil. Assistée par une avocate commise d'office, Florence demande le renvoi du procès pour préparer sa défense. En attendant la prochaine audience, elle est incarcérée à Fresnes. Dans l'espoir de se soustraire à cette détention, la glameuse tente de faire valoir, sans preuve à l'appui, une garantie de représentation[9] : elle doit organiser le prochain concert de Lenny Kravitz à Paris.

9. Les garanties de représentation sont un ensemble de documents qui permettent d'assurer aux autorités judiciaires que le prévenu se présentera à son procès.

Chapitre 60

Twin Peaks

L'arrestation de Florence suscite stupeur et incrédulité dans les rangs de Life for Paris. Seuls les membres du conseil d'administration y étaient préparés. Pour les autres adhérents, la styliste restait une « mama » bienveillante, toujours disposée à les réconforter ou à leur donner l'accolade. « Elle nous faisait beaucoup de bien, reconnaît un rescapé du Bataclan. Si elle était morte du jour au lendemain, sans que personne n'ait connaissance de son imposture, je crois que je me serais rendu tous les jours sur sa tombe pour lui rendre hommage ! Aujourd'hui, à la lumière de ce qu'elle a fait, bien sûr, c'est différent. J'essaie de comprendre ce qui a pu se passer dans sa tête. Mais ça ne sert à rien : elle est encore plus barrée qu'un épisode de *Twin Peaks*… »

Les bénévoles qui avaient noué des liens d'amitié avec elle, eux, peinent davantage à s'en remettre. « L'attaque du Bataclan venait d'une certaine façon de l'intérieur, explique une adhérente. Les trois terroristes étaient français, ce qui n'était pas le cas des autres commandos du 13 novembre. Cette menace intérieure nous a surpris au milieu d'un concert, dans un moment de plaisir et d'intimité. Si l'imposture de Florence me paraît si violente, c'est parce qu'elle réactive ce schéma. Elle a fait irruption à l'intérieur même de Life for Paris, dans ce sanctuaire où l'on essayait de se reconstruire à l'abri des regards indiscrets. Pour cette raison, l'usurpation de Florence m'a fait plus de mal que l'attentat lui-même. »

Quant à Stéphanie, elle envisage un moment de se rendre à la maison d'arrêt de Fresnes pour s'expliquer avec son ancienne amie, avant de se raviser.

Paris, le 8 mars 2018

Rapport d'expertise
au cabinet du juge Myriam A.
12e chambre du tribunal correctionnel
TGI de Créteil

Je soussigné, Professeur C.-S. P., expert près la cour d'appel de Paris, certifie avoir examiné Madame Florence M. le 8 mars 2018 à la maison d'arrêt de Fresnes aux fins d'expertise psychiatrique.

Je déclare les conclusions de la présente expertise sincères et véritables.

Examen clinique et rappel anamnestique [passé psychologique du patient] :

[…]

Madame Florence M. aurait été élevée par ses parents, elle n'aurait jamais subi de maltraitance ni d'abus sexuel au cours de son enfance et de son adolescence, selon ses dires et ses souvenirs.

[...]

Les antécédents psychiatriques personnels de Madame Florence M. ne révèlent rien de significatif.

[...]

L'examen de la personnalité de Madame Florence M. révèle des traits anxieux. On relève des traits phobiques, notamment une acrophobie [phobie des lieux élevés] et une claustrophobie. On relève une phobie du noir. On ne relève pas de phobie sociale, mais une tendance à l'agoraphobie. On ne relève aucun symptôme psychotique, notamment aucune hallucination, ni idée délirante. [...] On ne relève pas de tempérament colérique. On ne relève aucun abaissement du seuil de passage à l'acte violent. [...] On ne relève aucune intolérance à la frustration. On ne relève pas d'obsession ni de compulsion. [...] On ne relève pas de jalousie-possessivité. [...]

Concernant les faits reprochés, Madame Florence M. les reconnaît.

Au plan intellectuel, Madame Florence M. ne présente aucun déficit.

Au total, les réponses aux questions de la mission d'expertise sont les suivantes :

- Madame Florence M. présente une personnalité marquée par des traits d'impulsivité et sensitifs, un tempérament rancunier, des traits anxiophobiques et un déficit de contrôle pulsionnel.
- L'infraction reprochée n'est pas en relation avec une pathologie mentale, psychique et neuropsychique.
- Madame Florence M. ne présente aucun état dangereux au sens psychiatrique du terme.
- Madame Florence M. est accessible à une sanction pénale.
- Madame Florence M. n'est pas curable ni réadaptable, elle n'est pas malade.
- Au moment des faits, Madame Florence M. ne présentait aucun trouble psychique ou neuropsychique ayant altéré ou aboli son discernement ou le contrôle de ses actes.
- Aucun suivi psychiatrique n'est nécessaire.
- En cas de condamnation, aucune injonction de soins n'est justifiée, une mesure de suivi socio-judiciaire est nécessaire.

Professeur C.-S. P.

Chapitre 61

La peur des foules

Commise d'office, l'avocate de Florence n'a nullement l'intention d'expédier son dossier. Dans l'attente du procès, elle demande au tribunal d'établir des expertises psychologiques et psychiatriques. Autant de documents qui lui permettront d'attirer l'attention sur le passé difficile de sa cliente. Et peut-être même de la rendre inaccessible à une sanction pénale, en vertu d'une éventuelle « abolition du discernement ». Un avocat des parties civiles, qui a déjà participé aux procès d'autres fausses victimes, attend les résultats avec appréhension, conscient que cette stratégie est la seule capable de soustraire la prévenue à une condamnation.

C'est avec soulagement qu'il accueille au début du mois de mars l'expertise psychiatrique menée à la maison d'arrêt de Fresnes. Madame M. y est déclarée pleinement accessible à une sanction pénale. Elle ne présenterait aucun trouble « ayant altéré ou aboli son discernement ». Le rapport ajoute qu'« aucun suivi psychiatrique n'est nécessaire », la prévenue n'étant « pas malade ». Plusieurs points, confrontés au passé de Florence, peuvent surprendre.

Il est en particulier fait mention d'une « tendance à l'agoraphobie », observation que démentent les nombreux concerts auxquels elle a assisté et les clichés, tout aussi nombreux, où elle apparaît souriante au milieu des foules.

L'expertise psychologique, menée quelques jours plus tard au sein de la même maison d'arrêt, sert davantage les intérêts de la défense, bien qu'elle n'ait pas vocation à établir une quelconque irresponsabilité pénale. Florence y raconte les épreuves de sa vie : le placement chez ses grands-parents, le départ de son père, la cruauté de son beau-père, les avortements, le viol subi aux abords de la quarantaine ou l'impossibilité d'avoir des enfants. La psychologue ne cache pas son incrédulité lorsque la prévenue lui dit avoir « travaillé avec le groupe Indochine ». Elle ne cherche pas pour autant à dévoiler les mensonges de Florence. Son rapport ne vise pas à établir la réalité des faits, mais à décrire un état psychique dans sa dynamique et ses potentialités. Et elle finit par recommander, à la différence de la première expertise, un suivi de la styliste en raison de « traits psychopathiques ».

Chapitre 62

Poker face

Le 22 mars 2018, au palais de justice de Créteil, s'ouvre le procès de la « fausse victime au bracelet électronique ». En ce début de printemps, le box de la 12e chambre correctionnelle accueille d'innombrables « mules » en provenance de Guyane, interceptées à l'aéroport d'Orly en possession de cocaïne. L'affaire de la styliste, attirant un large public dans un espace restreint, rompt la monotonie de ces audiences. Avec ses volumes étroits et ses murs de béton granuleux, la salle ressemble à un refuge atomique. Plusieurs membres du conseil d'administration de Life for Paris sont présents, à commencer par Stéphanie, qui rêve de se confronter à la glameuse.

Florence rejoint le tribunal en ambulance. Le syndrome de Cushing dont elle souffre lui permet de profiter du régime des Affections de longue durée (ALD). Elle s'est appuyée sur ce statut pour être hospitalisée pendant une partie de sa détention. Son entrée dans la salle d'audience soulève un frémissement de surprise et de colère. Elle s'installe dans le box des prévenus, le regard bas, le dos voûté.

Quelques journalistes avouent leur déception : ils attendaient une escroc arrogante et chevronnée et découvrent une femme effacée.

La présidente du tribunal commence par rappeler les faits qui lui sont reprochés ainsi que ses antécédents judiciaires. Elle désigne ensuite les parties civiles : l'association Life for Paris, la Caisse primaire d'assurance maladie du Val-de-Marne et le Fonds de garantie. Interrogée par les magistrats, la styliste présente d'abord ses excuses aux rescapés : « Je regrette sincèrement ce que j'ai fait. Cette incarcération m'a permis de réfléchir à mon trouble psychologique et j'aimerais avoir des soins par rapport à ça. » La prévenue explique qu'« à force de fréquenter les victimes et leurs proches, d'être constamment avec eux », elle a sans doute fait « un transfert ». Florence reconnaît ses escroqueries en tant que fausse survivante du Bataclan – comme lors de son audition au SDPJ 94 –, mais refuse toujours d'admettre que Greg est un « ami imaginaire ». La présidente, ignorant ses dénégations, l'interroge sur la correspondance de ce prétendu rescapé avec les membres de Life for Paris :

– Vous vous jetez des fleurs, « Florence par-ci, Florence par-là » ?

– Je ne vais pas me jeter des fleurs à moi-même, rétorque-t-elle.

– Si Greg existe vraiment, poursuit la présidente, pouvez-vous donner son adresse à Stéphanie Z., ici présente ?

Depuis le début de l'audience, la trésorière de Life for Paris, assise au premier rang, ne détache pas ses yeux de la prévenue. Florence, elle, fuit son regard. Lorsqu'il est question de l'adresse de Greg, la styliste se tourne enfin vers elle pour bredouiller : « Oui, je promets de l'envoyer... » Stéphanie ne décolère pas devant ce visage inexpressif. « *Poker face*... », peste-t-elle.

Quand vient le tour de la procureure, elle insiste sur la détermination de la prévenue à « obtenir le butin », rappelant ses démarches pour décrocher une indemnisation financière, un logement social, des soins gratuits et même un délai auprès de l'administration fiscale. Qu'elle ait sollicité les services d'un avocat pour défendre ses intérêts en qualité de victime – notamment en se constituant partie civile – prouve, selon l'accusation, le caractère méthodique et réfléchi de son escroquerie. « À aucun moment, elle n'assume la responsabilité de ses actes, déplore la procureure. Elle se cache derrière sa prétendue maladie. Comment la croire ? » La représentante du ministère public requiert quatre ans de prison, dont un avec sursis.

Quant à l'avocat du Fonds de garantie, qui n'en est pas à sa première affaire de fausse victime, il estime que madame M. « a trompé tout le monde avec une méticulosité glaciale ». « Elle a été violer la vie des morts, assène-t-il, comme un charognard, comme un détrousseur de cadavre. » Il rappelle qu'elle avait exprimé son indignation lorsqu'un lycéen s'était inventé un ami décédé au Bataclan dans l'émission « La France a un incroyable talent ». Elle se disait alors « dégoûtée et révoltée ». « Vous comprenez qu'on le soit à notre tour, écœurés ? », lui lance l'avocat. Florence demeure muette, tête baissée.

Elle retrouve quelques couleurs lorsque la défense prend la parole. Son avocate évoque les grandes étapes d'une vie éprouvante. Un article publié sur le site de France Info[10] cite des extraits de la plaidoirie : « Abandonnée par ses parents, qui la laissent chez ses grands-parents maternels de trois ans à l'adolescence, elle arrête ses études après un bac "littéraire-arts plastiques" et enchaîne les petits boulots. Elle a "deux histoires qui comptent", l'une avec un "alcoolique", l'autre avec un "pervers narcissique". Après deux avortements "un peu subis", on lui pratique une hystérectomie en 2010. Elle fait une tentative de suicide en 2012 et deux ans plus tard, le syndrome de Cushing – une maladie qui provoque divers troubles physiques et psychiques – est diagnostiqué. Florence M., célibataire et sans activité professionnelle stable depuis plusieurs années, vit chez sa mère. »

L'avocate laisse ensuite entendre que les bénévoles de Life for Paris ne sont pas exempts de responsabilité dans cette affaire. À l'entendre, ils passeraient leur temps à se plaindre, rendant l'environnement de Florence irrespirable. Ils auraient accentué sa dépression et son malaise existentiel. La plaidoirie suscite des chuchotements indignés dans la salle. Un adhérent de Life for Paris invective même l'avocate.

10. Publié le 23 mars 2018 et signé par Catherine Fournier.

À la fin des débats, le tribunal déclare Florence coupable d'escroqueries, de faux et d'abus de confiance en récidive. Elle est condamnée à quatre ans et demi de prison ferme, peine plus lourde que celle requise par le ministère public. La styliste quitte la salle par la porte dérobée du box, reprenant la direction de Fresnes en ambulance.

Chapitre 63

Cavale psychique

« *Au bout du compte, ce qui importe seulement, c'est la part de vérité qu'il y a dans le mensonge.* »

Thomas Bernhard

« Bonjour, je m'appelle Alexandre Kauffmann. Je suis romancier et journaliste. Je travaille depuis quelque temps sur votre parcours, en particulier sur les cinq dernières années. J'ai recueilli plusieurs témoignages sur cette période, mais il me semble crucial d'avoir le point de vue de tous les intervenants – seule manière de raconter une histoire de manière impartiale. Dans cette perspective, seriez-vous disposée à me rencontrer – ou simplement à me parler – pour apporter votre éclairage sur les événements qui ont récemment jalonné votre parcours ? Je comprendrais parfaitement que vous ne vouliez pas revenir sur cette période, et si c'est le cas, bien sûr, je ne vous dérangerai plus. Alexandre. »

Je fais parvenir ce message à Florence en janvier 2021, un peu plus d'un an après sa sortie de prison. Je l'envoie sur le compte Flo Kitty, qu'elle n'a jamais cessé d'utiliser. Cette page a subi un léger ripolinage depuis son arrestation, mais la plupart des publications et des photos n'ont pas été modifiées. L'essentiel de ses amis – un peu plus de mille cinq cents – ont aussi été conservés. J'ai été accepté parmi eux à l'automne 2020. Dans l'espoir de la mettre en confiance, je m'étais arrangé pour avoir des contacts en commun avec elle. Surtout des figures du milieu glam que j'avais repérées sur son mur. Mon propre compte a donc rejoint son répertoire, où figuraient encore une poignée de « fantômes numériques », parmi lesquels Manou Willshire et Élisa Tavarois, sa prétendue cousine. La styliste n'avait pas pris la peine de les supprimer.

Quelques jours avant Noël, j'ai pris contact avec Cédric R., l'ancien ambulancier. Comme Florence, je l'ai approché par une demande d'ami sur Facebook. Il y a répondu par une question : « On se connaît ? » Je lui ai rapidement exposé l'objet de mon enquête. « J'ai tiré un trait sur cette histoire et toutes les conneries qui ont pu être dites, m'a-t-il averti. Il y a des tas de sujets intéressants, pas besoin de ressasser les trucs vus et revus. Je n'ai plus envie d'en parler ni de relancer des débats. Merci juste de ne pas me citer, de ne plus sortir mon nom et de respecter ma vie que j'ai reprise après cet enfer basé sur des tas de conneries. Bonne journée à vous. » J'ai tenté d'argumenter, précisant que mes investigations portaient moins sur lui que sur Florence.

Il m'a alors appelé sur Messenger. Son coup de fil m'a pris de court. Je n'étais pas préparé à un entretien de vive voix. Nous avons parlé une dizaine de minutes. Il a joué sur divers registres, de l'appel à la compassion – « j'ai payé ma dette, j'essaie de me reconstruire… » – aux flatteries – « Enfin un journaliste qui a une parole… » Il a surtout louvoyé. J'avais sous les yeux des documents qui contredisaient ses affirmations. « Florence… ? ânonnait-il. Je ne vois pas qui est cette personne… Ah, la femme aux cheveux roses ! Oui, très gentille, très investie dans l'association… » J'éprouvais pour la première fois l'emprise qu'avaient subie les rescapés du 13 novembre. Dans sa voix, il y avait une sorte de fragilité persuasive qui emportait toutes les préventions. J'avais soudainement envie de le croire. Je me suis ressaisi de justesse sur cette pente hypnotique, coupant court à la discussion.

Cédric ayant accepté de s'entretenir avec moi, j'ai bon espoir que Florence me réponde. Et en effet, quelques minutes seulement après l'envoi de ma missive, elle se manifeste : « Je ne comprends pas votre message. On se connaît ? D'où vous vous intéressez à mon parcours ? Qui vous a parlé de moi ? Il me semble que je n'ai pas donné d'autorisation pour que l'on écrive sur moi ! Sur quoi avez-vous déjà travaillé par rapport à moi ? Qui vous a aiguillé vers moi ? Alors ? J'attends vos réponses ! » Sa véhémence me surprend. Elle emploie rarement ce ton dans les échanges que j'ai pu consulter. Notre conversation, à l'évidence, part du mauvais pied.

Je lui réponds aussitôt : « Non, on ne se connaît pas. Je comprends que vous vous sentiez agressée par mon message. J'ai été aiguillé vers vous par les événements du Bataclan, auxquels je me suis beaucoup intéressé. »

Il me semble inutile, sinon maladroit, de lui confier que j'ai moi-même été indemnisé par le Fonds de garantie. En 1985, alors que j'avais dix ans, mon père a été enlevé par les forces du Hezbollah au Liban, où il se trouvait en reportage. Retenu comme otage dans les caves de Beyrouth, il n'a pas vu la lumière du jour pendant trois ans. Au cours de sa détention, ma mère a reçu le soutien de Françoise Rudetzki, une juriste qui avait été grièvement blessée par l'explosion d'une bombe au restaurant Le Grand Véfour, à Paris. Après avoir fondé l'association SOS Attentats, elle a milité pour la création du FGTI. Depuis cette époque, sa famille et la mienne sont restées amies. C'est en discutant un jour avec Françoise qu'est né mon intérêt pour les fausses victimes. Dans mon esprit, ces imposteurs faisaient écho à ceux qui avaient approché ma mère pendant que mon père était au Liban. Ils prétendaient pour la plupart être en contact avec les ravisseurs et proposaient de nous aider. L'un d'entre eux se montrait particulièrement insistant. Ma mère l'a mis à l'épreuve. Elle lui a demandé quel était le surnom que lui donnait mon père. L'homme est revenu quelques jours plus tard en lui disant : « Votre mari vous appelle "bébé". » Ma mère l'a renvoyé sur-le-champ. Ces détails ne seraient évidemment pas de nature à encourager la confiance de Florence. Il lui en faudrait moins pour me ranger dans le « camp ennemi ».

« Je n'ai rien à dire, j'ai assez morflé comme ça, poursuit-elle. Mais comment avez-vous fait le lien pour me trouver sur Facebook ? J'espère que rien ne sera publié sur moi sans mon accord. J'aimerais reconstruire ma vie, ne plus entendre parler des associations de victimes. » J'essaie tant bien que mal de la rassurer : « Je vise juste à l'objectivité. Et dans cette perspective, vous avez voix au chapitre, comme tous les autres intervenants. » Justement, elle préfère laisser à d'autres le soin de s'exprimer : « Dans ce cas, interrogez Cédric, Jean-Luc, Alexandra, etc. » Je lui signale que l'ancien ambulancier a accepté de me parler. « Très bien, approuve-t-elle. Cédric, c'est quelqu'un que j'apprécie. »

Quant à Alexandra et Jean-Luc, avec lesquels je ne me suis jamais entretenu, elle a sans doute eu vent de leurs procès pendant sa détention. La Castafiore a été condamnée à deux ans d'emprisonnement, dont six mois ferme. L'athlète aux mains baladeuses a écopé d'une peine de trois ans et demi, dont six mois avec sursis. Alexandra a bénéficié d'une sanction moins sévère, mais c'est son procès qui a le plus marqué les esprits. Son avocat, maître William Bourdon, y a livré une plaidoirie particulièrement offensive. Sans nier que sa cliente rêvait du statut de victime depuis toujours – elle avait déjà porté plainte vingt et une fois avant le 13 novembre, pour des vols et une agression sexuelle –, il l'a dépeinte sous les traits d'une jeune femme « un peu perdue » ayant voulu se « fabriquer un destin ». La démarche de la Castafiore relevait selon lui d'une « cavale psychique complexe ». Guidée par ses questions, Alexandra a décrit devant le tribunal son quotidien de fausse victime vouée à la vindicte populaire : « Aujourd'hui je n'ai plus de vie. On trouve des vidéos sur YouTube intitulées "Alexandra D. la michetonneuse du 13 novembre". »

Maître Bourdon a surtout su donner un tour politique à sa plaidoirie : « Il faut s'interroger sur les effets exceptionnels que ces attentats ont eus et continuent d'avoir sur les mentalités collectives. Ils ont provoqué beaucoup de déraison et d'irrationalité. [...] Les victimes sont aujourd'hui sacralisées, intouchables, elles justifieraient toute l'attention de la communauté française. Ce parfum d'hyperdramatisation ne doit pas faire perdre la boule à la justice. » Florence a-t-elle suivi ces débats depuis la maison d'arrêt de Fresnes ? Peut-être, mais il est évident que leur évocation ne contribuerait en rien à apaiser notre échange.

D'autant qu'elle commence à se livrer : « Je souffre énormément de ce qu'il s'est passé. Je dois me reconstruire et je sais que cela va être très long, voire impossible. » Je mentionne des êtres ou des lieux qui lui sont familiers : un chanteur de glam metal, les sessions du Feelgood, les « apérosthérapies »... « Vous êtes très bien renseigné sur moi en tout cas, remarque-t-elle, car vous ne me parlez que de choses que j'aime. » Persuadé d'être sur la bonne voie, je me hasarde à quelques blagues et généralités sur le sens de la vie.

Est-ce le moment d'évoquer Blackwidow Grib et Manou Willshire, ces deux « spectres » inspirés par les idoles de sa jeunesse ? Sur eux, je ne suis pas censé en savoir davantage que les enquêteurs et les membres de Life for Paris. Les premiers y ont attaché peu d'importance – ces « fantômes numériques » ne faisant pas l'objet de poursuites pénales – ; les seconds, déjà agonis de mensonges, ont préféré les oublier, sans savoir au juste d'où ils venaient. Qui étaient Blackwidow Grib et Manou Willshire ? De pures inventions ? Le décalque fictif d'êtres réels ? Lorsque j'ai commencé mon enquête, ces questions, laissées entre parenthèses, m'intéressaient au premier chef.

Dans sa correspondance avec les adhérents de Life for Paris, Manou Willshire livrait un indice : un lien YouTube vers un groupe auquel il appartenait, les Resurrection Mary. Après quelques recherches sur Internet, j'ai découvert que cette formation de glam metal comptait bien dans ses rangs un joueur de basse nommé « Manu ». En fouillant davantage, j'ai fini par dénicher le nom complet de ce musicien, qui m'a laissé stupéfait : « Emmanuel Nadam ». Florence s'était en effet inscrite dans le fichier adhérent de Life for Paris sous le patronyme « M.-Nadam », assurant à son entourage que la deuxième partie de son nom était héritée d'une branche juive séfarade du côté de son père.

Dans le même temps, j'ai récupéré une photo de Blackwidow Grib. Ce « spectre digital » l'avait lui-même envoyée à plusieurs membres de l'association, en discutant avec eux sur Facebook. On y apercevait un homme de profil, mal rasé, bouche entrouverte. Un tatouage s'étendait au creux de son cou, représentant un sinogramme entouré de fleurs. Un jour, alors que j'interviewais des habitués du Feelgood Bastille, j'ai sorti cette photo, sans grand espoir : « Est-ce que ce visage vous dit quelque chose ? » L'un d'eux s'est écrié : « Lui ? Mais c'est Greg A. ! C'est sûr, il a ce tatouage dans le cou… » Ainsi l'homme du cliché s'appelait Greg, comme la victime présumée du Bataclan. Florence s'était donc inspirée de personnes réelles pour créer Blackwidow Grib et Manou Willshire.

J'ai pris contact avec le « vrai Greg » sur Facebook, d'abord sans mentionner le nom de Florence, ignorant tout de leurs relations : « Je prépare un livre dont le personnage principal croise la scène glam parisienne à la fin des années 1980 (en particulier le Gibus). J'ai déjà interrogé plusieurs personnes à ce sujet. Seriez-vous disponible pour en parler ? » Greg m'a rapidement répondu, proposant de m'appeler dès le lendemain. Comment devais-je l'aborder ? Était-il de mèche avec la styliste ? La connaissait-il ? Cet échange téléphonique a été l'un des plus vertigineux de ma vie. Je marchais sur des œufs : « Savez-vous qu'une certaine Florence M. a fait de vous une victime du Bataclan… ? ai-je bafouillé. Elle a utilisé votre nom, vos photos… » Greg a soufflé avec lassitude : « Ah, Florence M. ! »

Nous avons convenu d'un rendez-vous. Greg m'a accueilli dans sa maison, aux confins de la région parisienne. Il m'a raconté en détail comment son parcours avait croisé celui de Florana. Les soirées du Gibus, le squat à Londres, les embrouilles sur Facebook… Emmanuel Nadam était son meilleur ami, son « grand frère ». Il était parti s'installer à Los Angeles au début des années 1990. Lorsque j'ai évoqué Blackwidow Grib et Manou Willshire, Greg a soupiré : « Ma mère m'appelait Gribouille. Et la mère de Manu l'appelle Manou… Quant à Blackwidow, c'est le surnom d'une strip-teaseuse que j'ai connue à Londres… » Greg ne manifestait aucune animosité envers Florence. Plutôt une forme d'indulgence exaspérée. Il la tenait manifestement pour une personne malade.

À présent, sur Messenger, je préfère laisser Florence venir d'elle-même à Blackwidow Grib et Manou Willshire. Sous peine de m'enfermer dans une partie de poker menteur. Comment savoir si elle affirme encore aujourd'hui que les propriétaires de ces comptes existent vraiment, comme elle l'assurait deux ans plus tôt, lors de son procès ? Ces deux fantômes numériques soulèvent pourtant bien des questions. Pourquoi la styliste a-t-elle inscrit le nom de Nadam dans son arbre généalogique ? Quelle drôle d'inspiration l'a conduite à faire de Greg une victime du Bataclan ? Pourquoi a-t-elle jeté la doublure numérique de cet homme dans les bras de Stéphanie Z. ? J'ignore si Florence est capable d'éclaircir ces mystères. Il se peut qu'elle n'ait pas plus de réponses que moi.

À quoi bon, alors, rendre sa vie publique ? N'a-t-elle pas droit à la paix et à l'oubli ? Cette question m'a souvent taraudé au cours de mon enquête.

Face à l'incompréhension et la colère suscitées par ses agissements, il m'est apparu que ses affabulations la dépassaient et ne lui appartenaient plus en propre. Florence a décidé d'arrimer son existence à des événements historiques. Elle a rejoint une association de victimes, témoigné devant des élus, donné des interviews à la presse. Comme elle, une vingtaine de personnes – en l'état des connaissances actuelles – se sont présentées sans fondement comme des victimes du 13 novembre. Certaines ont pu éprouver les mêmes symptômes que les « vrais rescapés ». Aux États-Unis, un mois après les attentats du 11 septembre, une étude a établi que 4 % des Américains étaient en proie à un authentique état de stress post-traumatique. Le ratio était encore plus élevé pour ceux qui avaient assidûment suivi les attaques à la télévision. Dans le cas de Florence, quelle que soit la réalité de ces symptômes, elle se considérait à l'évidence comme une victime avant le 13 novembre. Victime de problèmes de santé, d'abandon, de solitude. En inscrivant cette souffrance intime dans l'épreuve historique du Bataclan, elle espérait lui offrir une reconnaissance universelle.

Au fil de mon dialogue avec Florence sur Messenger, j'essaie de la convaincre qu'il est dans son intérêt de me raconter son histoire : « Je n'ai pas de parti pris. Ce que j'ai découvert [au cours de mon enquête] vous humanise plus que cela ne vous incrimine. […] Plus il y a de sources, moins il y a de malentendus, c'est pour ça que donner votre version est tout à votre profit. […] Beaucoup de gens à qui j'ai parlé disent que vous leur avez fait du bien. » Dans sa réponse, Florence laisse percer une pointe de nostalgie : « Peut-être que certaines personnes reconnaissent le boulot que j'ai fait et l'écoute que j'ai essayé d'apporter. Mais vu comment je les ai déçus… Et d'ailleurs, je n'ai plus de nouvelles de qui que ce soit. Et finalement, c'est pas plus mal. » Elle a le sentiment d'avoir été trahie par les membres de Life for Paris : « [À la fin], ils savaient que j'allais tomber, mais continuaient à faire comme si… » Je me permets de remarquer qu'elle aussi, au même moment, « faisait comme si ». « Bref, c'est le passé, j'ai fait ma peine, conclut-elle. Il faut tourner la page. »

À la fin de notre échange, je l'exhorte une dernière fois à se confier. Et une dernière fois, elle se dérobe : « Si un jour, j'ai envie de raconter [mon histoire], je le ferai, mais avec un total contrôle de ce qui est écrit et relaté. » Ce sera sans doute un roman foisonnant.

Remerciements

Pour m'avoir accompagné au cours de cette enquête, je tiens à exprimer toute ma gratitude à Françoise Rudetzki et Caroline Langlade.

Pour leur confiance et leur aide, je remercie également Catherine Bertrand, Stéphanie Zarev, Arthur Dénouveaux, Greg Alberto, Jérôme Simon, Bertrand Gauthier, Cécile Baubil, Nathalie Faussat, Virginie Farkas, Marco Ruisi, Hervé Bertrand, Brigitte Le Guilcher, Claudine Derôme, Claire Derville, Marie Giffard, Claire Nourry, Annabelle Philippe, Célian Macé, Charlotte Rotman, Axel Metzker, Alice Andersen, Franck Berteau, Christophe Bigot, Clément Buée, Aurélie Carpentier, Pierre-Marie Croquet et Basile Lemaire, Marion Enguehard, Lucie Geffroy, Laurent Ollivon, Lætitia Zanettacci, Clara Tellier-Savary, Geoffrey Le Guilcher, Johann Zarca.

Pour m'avoir consacré du temps, je veux faire part de ma reconnaissance à Sophie Meynard, le parquet de Créteil, les enquêteurs de la Brigade criminelle de Paris et de la Brigade de répression de la délinquance astucieuse de Paris.

Merci enfin à ma famille et mes proches pour leur lecture attentive : Alice Derville, Grégoire, Joëlle et Jean-Paul Kauffmann, Alexandros Rallis, Erwan Séguillon, Boris Razon.

Les Éditions Points s'engagent pour la protection de l'environnement et une production française responsable

Ce livre a été imprimé en France, sur un papier certifié issu de forêts gérées durablement, chez un imprimeur labellisé Imprim'Vert, marque créée en partenariat avec l'Agence de l'eau, l'ADEME (Agence de l'environnement et de la maîtrise de l'énergie) et l'UNIIC (Union nationale des industries de l'impression et de la communication).

La marque Imprim'Vert apporte trois garanties essentielles :

- La suppression totale de l'utilisation de produits toxiques
- La sécurisation des stockages de produits et de déchets dangereux
- La collecte et le traitement de produits dangereux

RÉALISATION : NORD COMPO À VILLENEUVE-D'ASCQ
IMPRESSION : CPI FRANCE
DÉPÔT LÉGAL : AOÛT 2024. N° 153715 (3057325)
IMPRIMÉ EN FRANCE